イダジョ!

完結編

史夏ゆみ

角川春樹事務所

目次

登場人物紹介

安月美南 Azuki Minami

……本作の主人公。逆境を乗り越え医師免許を取得し、北関東相互病院に赴任。

景見桂吾 Kagemi Keigo

……現役医師。専門は心臓血管外科。アメリカで働いている。美南のパートナー。

北崎哲人 Kitazaki Tetsuto

……朋欧医科大学病院から北関東相互病院に派遣された医師。専門は消化器外科。

石川優花 Ishikawa Yuka

……美南の後輩。気が強い優等生。

村木公大 Muraki Kodai

……美南の後輩。お調子者で、気が利かない。

五十嵐流生 Igarashi Ryu

……美南の後輩。ビジュアル系イケメンだが、天然。

戸脇雄三 Towaki Yuzo

……北関東相互病院院長。70を超えているが現役で、地元の人から慕われている。

序章　北崎医師

安月美南は、手術室に入ってきた北崎哲人にいつもより少し高い声で明るく挨拶をした。

「よろしくお願いします！」

ところが北崎はそれに何の反応もせず、部屋全体を睨むように見渡してから視線を壁のデジタル時計に向けた。

栃木県にあるここ北関東相互病院、通称キタソーは、人手不足のため、東京の梅林大学病院から医師を何人も派遣してもらっている。だが昨今の外科医不足のせいか、今年は外科には一人しか来なかった。さすがにその医師と外科部長の弓座修、そしてまだ三年目の美南だけでは足りないので、院長の戸脇雄三はキタソーから一番近い朋欧医科大学にかけあって、来年三月まで週三回の予定で何とか一人派遣してもらった。それが北崎だ。

北崎は、美南が興味を持っている消化器外科を専門としている。しかも美南の恋人の景見桂吾と同い年で、そのうえつい数か月前に景見がいるアメリカへの留学から帰国したばかりだったから、美南は勝手に親近感を持っていた。さらに戸脇や弓座によるとかなり腕が立つとのことだったので、ぜひとも助手についてその手技を見てみたいと楽しみにしていたのである。

実は、最初の機会は半月も前の六月の初旬にあった。だがその日の手術開始予定時刻は午後二時、予定時間はおおよそ二時間。そして北崎は美南の勤務時間が五時までででそれ以降の延長が難しいと知ると、眉間にギュッと皺を寄せて美南を睨んだ。

「保育園に子どものお迎え？　じゃあ入らないで。時間制限がある人に助手は任せられないよ」

その場にいた医師たちの空気が凍りついた。だが手術では何があるか分からないから、予備の時間が一時間しかないのは確かに不安だ。北崎の言い分はもっともだったので、美南は「気がつかずに申し訳ありませんでした」と謝って引き下がった。

ところがそれからずっと、美南は北崎の助手に入れてもらえない。さり気なく避けられているのも分かっていた。だが保育園のお迎えの件で機嫌を損ねたのなら、これはどうしようもない。気難しい人なのだな、と美南は思っていた。

そんなことがあったから、美南が北崎の手術に助手として入るのは梅雨も間近なこの日が初めてだった。患者は田中勝という胃がんを患う七二歳の男性で、胃の大部分を切除し、リンパ節を郭清する。執刀は北崎、第一助手は美南、まだ研修に入ったばかりで内科研修中の石川優花にこの日は第二助手に入ってもらった。キタソーはいつも手が足りないのだ。

北崎が手術室に入ってきてすぐ美南と時計を見比べたのは、美南が五時までしか働けないと思っているからだろう。手術開始は一二時半。手術予定時間は二時間半だから、予定終了時刻は三時。時間的には何の問題もない。だがリンパ節の郭清には時間がかかるし、必要に応じて他の臓器の合併切除が必要になることもあるので、手術時間が大幅に延びる可能性もある。

「あの、お迎えのことでしたら、少しぐらい遅れても延長保育があるので……」

美南が気を遣ってそう言うと、北崎は「だから？」と冷たく言い放った。気まずい空気が手術室に流れた。

――余計なこと言わなきゃ良かった。

美南は肩を竦めた。

「田中勝さんの胃の部分切除、及び領域リンパ節の郭清術を始めます。執刀医北崎です」

この言葉を合図に手術室内にいる全員が自己紹介をし、それから担当医が患者の術中のリスクや血液型などを口述する。大きな医療事故を引き起こさないよう、この長い確認作業はしっかりと行わなければならない。

手術室に入ると怪しげなテンションになる弓座とは反対に、北崎はほとんど無駄口をきかずに手術をするタイプだ。鉤引きといって術部がよく見えるように創を引っ張る役の優花が、異常に緊張しているのが分かる。

「見えないよ」

術野を十分広げていなかったため患部が見にくかったのか、マスクの下で北崎が低い声を出した。それで優花は慌てて手に力を入れ、創を大きく開こうとした。

「あー、そんなに引っ張らないで」

迷惑そうに呟く北崎に、優花は「はいっ、すみません!」と少し上ずった声で返事をした。

幸い田中の他の臓器はほぼ無事だったが、領域リンパ節、つまり胃に関連するリンパ節に転移が見られた。これらは取り除かなければならない。

「思ったよりあるな……」

北崎は話すのが面倒であるかのように気だるく口を開くと、しゃべるスピードと嚙み合わない速さで手際よく手を動かし始めた。美南はそれに面喰らって、どこで手を出していいのか分からずに戸惑った。

その一方で、心が躍っているのも感じた。自分が興味のある消化器外科が専門で、しかもこんなに手際がいい医師のもとでこれから助手ができるのだ。美南は、スラスラと動く北崎の手元をずっと凝視していた。

だが北崎の方は美南の視線が癇に障るのか、それとも手術中はカリカリしているのか、頻繁に美南を見遣っては眉をひそめた。その上独自の方法に固執するタイプらしく、美南が使う器具にもあれこれと文句をつけてくる。

「何でメッツェン?　ペアン!　モスキートあるだろ?」

「それ、本当に止血用鉗子？　太くない？　他のないの？」

術中に使う器具はだいたい決まってはいるが、どの鋏でもどのピンセットでも仕事ができればいいのだから、医師によって好みの器具は異なる。だが北崎は、自分が決めたものでなければ目の前で使われるのも嫌なようだ。こんなに神経質な人はかつていなかった。

美南は今まで経験したことのない、精神がすり減る気分を味わった。

郭清に予定より時間がかかって、予定時刻の三時を過ぎても終わらない。やっと先が見えた頃チラリとデジタル時計に目を遣ると、四時を過ぎていた。だがこの分だと、何とか結のお迎えに間に合うだろう。美南はホッとした。

手術の最後の始末は執刀医がするほどのことではない。むしろ助手の数少ない仕事の一つでもあるので、多くの場合執刀医はこれを助手に任せて先に手術室を出る。だが、北崎は縫合まで全部自分でやった。

よほど自分が気に入らないのだろうか。美南は一瞬懐疑的になったが、その後はあまり気にしなかった。縫合までしてしまう医師も特に若手では珍しくないし、北崎はこれだけ自分のやり方に固執するタイプなのだから、助手に触らせてくれなくても意外ではない。

北崎が鋏を膿盆に放り投げると、そこにいた全員が一斉に深い呼吸をして、手術室内の空気がふわっと流れた。

手術終了。

「お疲れ様でした。とても勉強になりました」

術着を脱いでいる北崎に美南が後ろから声をかけて頭を下げると、北崎は無表情で振り向いた。

「君、外科考えてるんだって？」

「はい、そうです。消外（消化器外科）……」

「やめた方がいいよ。オペ（手術）向いてない」

北崎はそう言い切ると美南に背中を向け、術着をゴミ箱に、キャップとマスクを使用済み術着入れに放り投げて去っていった。

——え？

美南の頭の中が真っ白になった。

第一章　レジデント

1

「見てー！」

美南（みなみ）がかざして見せた一枚の賞状のような紙には、「臨床研修修了登録証」とある。二年間の初期研修を終え、医籍に臨床研修修了登録をして申請すると、厚生労働大臣の名で交付される証書だ。これで美南は、少なくとも形式上は一人前の医師として正式に認められたことになる。

「おー！　おめでとう！　お祝いしなきゃな」

テレビ電話画面の向こうで拍手をしてくれた景見（かげみ）は、今までになく長くなった前髪を邪魔そうに脇によけていた。もともと年齢より若く見られる人だが、その髪のせいか一〇歳も下の美南とそれほど歳が違わないようにすら見える。アジア人の年齢を若く見がちなアメリカでは、かなり年若く思われているに違いない。

「秋にまたアメリカ行けると思うから、その時いいレストラン連れてって！」

「いいねー！　結の一歳のお祝いもしたいね。せっかくだから、どっか旅行しようか？」

「あ、それいい！　ね、結？」

美南は、自分の膝の上に座る二人の娘・結を見遣った。さっきまでは口を開けて画面に映る景見の顔を眺めていたが、そろそろ飽き始めて美南の膝から何とか降りようとしている。結はまだ一〇か月に入った頃だから、集中力も忍耐力もなきに等しいのだ。

「じゃ、旅行先の候補探しとくよ。それまでに論文終えなきゃ」

「先生、今論文書いてるの？」

景見は北ボルチモア総合病院の心臓血管外科で医師として働いている。かなり忙しい病院のようだが、診療と同時進行で自分と同じ班の人たちと研究もしているそうだ。

「相変わらず忙しいんだね」

「まあね。せっかくこっちにいて、暇してるのも無駄だから。それで、専門研修はどうすることにした？」

「うーん……調べてはいるんだけど」

専門研修とは、専門医になるための研修のことだ。「専門医」と呼ばれる医師は、かつての学会認定専門医を指し、例えば日本神経学会から認定されれば「神経内科専門医」、小児科学会から認定されれば「小児科専門医」と標榜できた。つまり、それぞれの医歯学系学会が独自に認定・付与する資格だったのである。そのため学会ごとに認定条件も更新・維持条件も異なり、分かりにくかった。

そこで二〇一八年から新専門医制度が開始された。これは日本専門医機構が専門医を認定する制度で、総合内科、外科など一九の基本領域からひとつを選んで研修を受ける。その専門医資格を取得してから、希望すれば神経内科や小児外科などさらに細分化したサブスペシャルティ領域を選ぶこともできる二段階制になっている。この新制度がどこまで有効か未知数なので「資格は取り敢えず取っておこう」という考えの医師が多く、ほとんどの若手が初期研修後そのまま専門研修に入っているようだ。

「俺、新制度は全然知らないからなあ……」

旧制度で心臓血管外科専門医の認定を受けている景見は、困った顔をした。

「大丈夫。同期がみんな始めたから、聞いてみるよ」

美南は今年で医師になって三年目だ。最初の二年間の研修が終わった大学の同期は、大半が専門研修に入った。だが美南はキタソーから奨学金をもらった時の条件で卒業後三年間はここで働かなければいけないと決まっていたし、キタソーは専門研修の基幹施設ではないので、研修を始めることができなかった。

もちろん、続けて三年間働かなければいけないわけではない。途中で専門医の資格を取って、それからキタソーに戻ってきてまた一年勤務してもいい。でも美南はもともと初期研修が産休で二か月遅れていたし、今は結もまだ小さくてドタバタしているから、この一年間は我慢して、一年遅れで保育施設が完備されている大きな病院で専門医の研修を始める方がいいと判断したのである。

「俺も分かる範囲で調べてみるよ。それより何かあった？」

景見がさり気なく話題を振ると、美南の顔が急に強張（こわば）った。景見は並外れて勘が鋭く、美南は感情の変化を隠すのが下手（へた）だ。

「え？　あー、まあ、大したことじゃないよ、上の先生にちょっと叱（しか）られただけ」

「弓座（ゆざ）先生に？　オペ中何かやっちゃった？」

景見は意外そうな顔をした。弓座は自他ともに認める手術屋で、手術室の中では助手を蹴ったり頭突きを喰らわしたりすることがあるが、普段は至ってのほほんとした人だからだ。

「ううん、新しく来た北崎（きたざき）って先生」

「へえ。何て叱られたの？」

「オペに向いてないって……元々、私のことあんまり好きじゃない感じはあったんだけど」

そこまで言ってから美南は、北崎がまるで自分のことを毛嫌いしているから不当に自分を傷つけた、というような言い回しをしていることに気がついた。景見が画面の向こうで、眉をハの字にして首を傾げている。

「オペが向いてない？　何で？」

「あ、いや、そんな心配しないで。私も何で叱られたかいまいちよく分かってないから、ちょっとゆっくり考えてみる」

そう言いながら、美南は自分の膝から降りたがって暴れる結を降ろした。ちょうどその時景見も後ろから看護師に声をかけられたので、電話を終えることにした。

「後で電話折り返そうか？」

「いやいや、そんな大したことじゃないよ。結を寝かさなきゃいけないし」

「そう？　何かあったらすぐ電話してこいよ。結のこと、いつもありがとな」

「うん！」

美南は満面の笑みで電話を切った。「いつもありがとう」。この一言で、美南のワンオペ育児は報(むく)われているのだ。愛する人の感謝の言葉は効力絶大である。

だが電話を切ると急に部屋の温度が下がって、照明が暗くなった気がする。それだけ自分は景見に精神的に依存しているのだなあ、と改めて認識し、美南は大きなため息をついた。

――それじゃダメなんだよな。

仕事のことも結のことも、自分のことさえ景見を拠(よ)りどころにしている自分がまだ自立していない危なっかしい子どもに思えて、美南は自己嫌悪(けんお)した。

結が寝入ってからリビングに戻ってきてスマホを見ると、古坂翔子(こさかしょうこ)からメッセージが来ていた。翔子は美南が卒業したＣＤ（聖コスマ＆ダミアノ医科大学）の同期で、大きな胸とセクシーなカーブを描く腰の線、そして厚い唇で多くの男子学生を魅了したものだった。しかも成績優秀で、卒業後は景見の出身大学で初期研修をしていたが、甘やかされて散々自由に遊んできた大病院の跡継ぎ娘に堅い国立大学病院は合わず、かなり我慢しているようだった。初期研修が終わった今年からは、私立大学の大学病院に移って専門研修を受けている。

景見と専門研修の話をした後でタイムリーだったし、お互い珍しく時間が空いていたようなので、美南から電話してみた。翔子は病院で宿直中だが、ちょうど暇ができて夕食を食べていた。

「そうか、美南はまだ専門研修始めてないのかあ」

翔子が少し高めの声のトーンで可愛らしくしゃべるのは、近くに誰かがいる時だ。案の定、翔子の後ろで他の医師たちが会話しているのが聞こえた。

「私は内科。サブスペ（サブスペシャルティ領域）で呼内（呼吸器内科）希望。親の跡を継がなきゃだから」

研修の内容やプログラムは大学によって異なるが、翔子は自分が希望する呼吸器内科専門医の資格を最短四年で取れるプログラムを選択した。最初の三年は内科専門研修と並行して呼吸器内科の専門研修を、最後の一年は呼吸器内科だけの研修を受ける。仕事に加えて短期間に勉強することが多くかなり大変ではあるが、その後試験に合格すれば標準プログラムより二年も早く呼内専門医の資格が取れる。勉強家でせっかちな翔子には合っている方法だ。

「でも、四年でサブスペも取れるとこって少ないみたい。国立は大体どこでも、基本領域だけでガッツリ三年かかるみたいよ。だから私も私立に移ったんだもん。基幹施設によってプログラムが色々違うから、ちゃんと調べた方がいいよ。特に内科系はバラエティがあって、調べるのもメンドい。あ、それに試験日程とかも全然違う。早ければ一〇月、遅いところは二月とか」

翔子は台本でも読むように、スラスラと説明した。この友人は昔から情報収集が得意で、どんなに時間がなくてもちゃんと調べあげ、見た目からすると意外なことにきっちりとスケジュールを立て、そのスケジュール通りに行動するタイプだった。

「美南、どこで研修する予定なの?」

「まだ全然分からない。見学もまだ行ってないし」

「えー? どっこも見学に行ってないの?」

翔子が呆(あき)れ声を出した。

専門研修プログラムの多くは何か月かを基幹施設で、その他は連携(れんけい)施設、つまり関連病院で行うようになっている。基幹施設はいうなれば所属機関になるわけだが、認定条件が厳しいので全国にそうたくさんあるわけではない。だから自分の希望分野が得意だとか、場所がいい、施設に満足できるなどといったキーポイントを中心に調べ、早めに見学してみた方がいいのだ。

「キタソーは基幹施設じゃないでしょ? どっかと連携してる?」

「どうだろう? 梅林(ばいりん)や朋欧(ほうおう)とはしてるのかな。でも専攻医が誰も来てないから……」

「知らないの？　じゃまず、その辺から当たってみたら？　美南、もう一年出遅れてるの分かってる？　同期はほとんどみんな専門研修に入ってんだからね」

翔子が声音を低くして語尾を強めた。意外と年上気質で世話好きだ。

「ＣＤは考えてないの？　知ってる先生も先輩も多くて、楽じゃない？　結ちゃんのことだって、ＣＤだったらほとんどクリアできるでしょ」

近年の働き方改革で、ＣＤは子育て中の医師が育休を取得したり、当直を免除してもらいやすいようにしていた。これは魅力的な制度だ。だがこういった大学病院は他にもあるはずだから、美南はキタソーに近い朋欧医科大病院と、隣県になるが福島医科大病院でこの点について実態がどうなのか調べようと思っていたのだった。

「何でＣＤに戻らないの？」

「何でって、別に戻っても全然いいんだけど……引っ越し面倒臭いし、今診てる患者さんもいるし、二年もいたらこっちにも知り合い増えてるし」

美南が説明に困ったように口ごもりながら答えると、翔子がフッと笑い声を漏らした。

「居心地いいんだ、そこ。よかったね。そうだ、帯刀くん結局大学院行ったらしいよ」

「え、ホント？」

「噂だけで、本人には確認してないけどね」

これには驚いた。美南や翔子とＣＤで同期だった帯刀俊は変人で優秀で、眼科医になって現場で働くという強い希望をもっていた。あまりにも成績が良かったのでＣＤではなく超有名私立大学の病院で初期研修を行っていたのだが、そこで目をつけられ、大学院に行くよう背中をグイグイ押されていた。だから結局研究の道を行くことにしたのだろうか。

「脳内（脳神経内科）の先生がめっちゃ推してたらしいから、そっち系かな」

「脳内？　まあ眼科から近いっちゃ近いか……それにしても、頭良過ぎるのも可哀想だね」

　美南は少し残念だった。帯刀は天才肌でありながら、美南と同じように臨床に対する意欲を強く持っている人だったので、同胞意識を感じていたのである。

「でも、どんどん出世して欲しいわ。そんな超エリートが知り合いにいるのはちょっと嬉しくない？　そのうちに、京大の山中先生みたいにノーベル賞取っちゃったりして。あ、時間だ。じゃね！」

　翔子はらしいことを言って電話を切った。

　多くの医療機関では、国家試験に合格して医師になったばかりの最初の二年間を初期研修医、臨床研修医などと呼ぶ。三年目以降は後期研修医、修練医、フェロー、レジデントなどと色々な呼び名がつくが、初期研修医とは異なり一つの科にずっと所属するようになる。ちなみに近年は、専門研修に入ったレジデントを特に専攻医と呼ぶことが多い。

　美南も三年目になって、同期に変化が出てきた。製薬会社のサラリーマンから再受験でＣＤに入ってきた小倉兼高は、都内とはいえ山間部の病院で初期研修をしていた。今年は家族が住む立川に戻ってきて、家から通える総合病院で内科の専門研修を始めたそうだ。

小倉は開業を目指しているし、とにかく血が苦手だったので、これは妥当な進路だ。美南と一番親しかった秋元愛美と、美南の元カレの日向魁人はどちらも医師の家の跡継ぎで、ＣＤで専門研修を続けている。愛美は麻酔科、日向は内科を選んだそうだ。

こうして見ると、同期の親しい友人たちの中で専門研修に入っていないのは美南一人だ。だが、美南にはそんなことは気にならなかった。育児をしながらのキタソーでの研修の日々を楽しんでいたし、早く三年間の縛りを終えて精神的に自由になりたかった。

美南は毎朝、結を保育園に預けてキタソーに向かう。結が通うひまわり保育園は高速道路に面した高台にあって、日当たりが最高にいい。下の高速道路は、今年一月大事故が起きて美南や景見が走り回ったところだ。

保育園の前の道路は緩やかな下り坂で、坂を下りきるとT字路になっている。この角には昨年コンビニができて、意外なことに辺鄙なロケーションなのにいつも誰かしら客がいる。

T字路を左に曲がると、また急な上り坂だ。そしてそこを上ると、白い両翼を広げたようなキタソーが見える。中央にある薄赤い外壁をした新しい本館は地上三階、地下一階建て。そこから左右に伸びる東病棟と西病棟は少し古めの真っ白な建物で、どちらも本館と同じ三階建てだが、各階の高さが少し低めなので屋根も本館より低い。東病棟にはリハビリ室、地域包括ケア病棟、急性期病棟と器材室が、西病棟には内科や外科などの一般病棟がある。

駐車場に車を停める時、遠くで救急車のサイレンが聞こえた。この辺りには三次救急、つまり最も高度な救急医療を提供する施設はなく、二次救急もキタソーしかない。だからあの救急車はここに来るはずだ。美南は救急科ではないが、研修医で宿直をしていた頃はサイレンが聞こえる度にいちいち必要以上に焦ってバタバタしたものだった。

そんなことを思いだしながら職員入口から入っていくと、廊下を看護師が忙しなく走っていた。その先に見える救急入口では、何人かの患者とその付き添いらしき人たちが興奮した面持ちで立ったまま集まっている。さっきの救急車に乗っていた患者の関係者だろう。交通事故か何かが起きたのだろうか。ふと、また遠くから別の救急車のサイレンが聞こえてきた。

その時、廊下の向こうから麻酔科医の若桝一也が小走りでやってきた。いや、この場合は救急科というべきだろう。若桝は二つの科をかけ持っているのだ。

「あー、安月先生、ちょうど良かった！　救急手ェ貸して！」

若桝は少年のように高いよく通る声でそう言いながら、救急処置室に飛び込んでいった。

「はい、すぐ行きます！」

美南も慌てて医局に走り、鞄を置いてスクラブ（丈が短いセパレート型診療衣で、Ｖネックのもの）に着替えると救急へ走って戻った。

救急処置室前の廊下では、頭や腕を血のついたタオルで押さえて座っている人が二人、それぞれの付き添いを合わせて四人が、目をギョロッとさせて美南を見遣った。みんな作業着姿の男性なので、工事現場の事故だろうか。

処置室の中では、若桝が汗だくになって心肺蘇生(そせい)を行っていた。患者は大柄(おおがら)で、青っぽいグレーの作業着が血だらけになっている。若桝は小柄で猫背で元々顔色が悪い人なので、若桝の方が具合が悪そうだ。

「おい、何やってんだ！　そっち気道確保しろよ！　あー、安月先生、早く、早く！」

誰かを怒鳴(どな)っていた若桝は、美南を見つけると荒っぽく呼んだ。若桝が怒鳴っていた視線の先には、今年入った研修医の村木公大(むらきこうだい)がいた。村木は、ただオロオロと視線を泳がせているだけだ。

それも無理はない。三か月前までは大学生で、特に最終学年の六年生は臨床実習もなく、国家試験に向けて勉強漬けで、病院から遠ざかっていたはずだ。いきなり目の前に次々患者が運ばれてきたところで何の実戦経験もないことだし、何をしていいかなど見当がつかないだろう。

そもそも研修医は、基本的に自分の権限で医療行為をすることはない。極端(きょくたん)な話、患者を検査したり血液を採取することすら、指導医の許可がなければできないのだ。要するに研修医は医師であって医師ではない。二年間の研修をして、その後臨床研修修了登録を行わないと、一人で医療行為ができる医師にはなれないのである。

「そっちの人診て！」

若桝は汗だくで男性の心臓マッサージをしながら、顎で隣のベッドを指して美南に治療を促した。そこにも三〇代くらいの、作業着姿の立派な体格をした男性が横たわっている。

「工事現場で足場が崩れた。二人とも一時間以上資材の下敷きになってたらしい」

美南は「はい！」と大声で返事をすると指示された男性のところに走り寄って、カーテンを閉めて大声をかけた。

「もしもーし、目、開けられますか？　ここがどこか分かります？」

カーテンを閉めたのは、隣の患者が心肺蘇生を受けている姿に気づいたらその男性が怯えるかも知れないからだ。美南が声をかけるとその男性は薄らと目を開け、声を出そうとして痛そうに一度咳をした後苦しそうにもがいた。肋骨が折れているかも知れない。

「あ、動かないでください。どこか痛いところあります？」

美南が男性の身体に目立つ外傷がないか確認しながらそう尋ねると、男性が弱々しく答えた。

「息が……あと首、後ろから押されて、ガクンって……」

「首ね。ああ、動かないでください」

男性は頸椎も痛めているようだったので、できるだけそうっと手足の筋力や反射に異常がないか調べた。これは車の衝突事故で頻発するが、突然強い力で身体を押されると頸椎が捻挫する、よくいうムチウチ症状だ。

すると突然その男性が苦しそうにしながら、「う、動かない！」と悲痛な声をあげた。

身体が動かない驚きと恐怖のあまり、パニックに陥ったようだ。

「あ、あし、足！」

男性は必死に全身に力を入れようとして呼吸を荒らげながら、大きく顔をゆがめて口を開けた。

「うん、ショックで一時的に全身が動かなくなっちゃうこともありますよ。慌てるともっと苦しくなるから、まず落ち着いてください。ゆっくり息をして……これからレントゲン検査しましょうね。どこにケガしてるのか早く見つけましょう」

美南が静かにそう言いながら男性の肩に手を当てると、少し安心したのか、男性は頷きながら大きく一度呼吸をした。

重度の脊髄損傷の後は、一時的に全ての脊髄機能が失われることがある。これを脊髄ショックと呼ぶが、数日から数週間するとこの状態から離脱する。実際運動麻痺や感覚障害があるかどうかはそれから改めて評価されなければならない。つまりもどかしい話ではあるが、今の段階でこの男性の身体が動かないのは一時的なものか、恒久的なものかは分からないのである。

「あ、戻った」

カーテンの向こうから、モニターの規則的な音と若桝の小声が聞こえた。患者の心臓が動きだしたらしい。美南も看護師たちもホッとして、部屋の空気がふわっと流れた。

あまり腕力のない若桝が疲れ果てた風だったので、その後の処置を美南が代わることにした。患者は細めのものに挟まれていたらしく、右下肢に圧迫痕があるが、他はほとんど無傷に見える。

「あの、ほら、あれ、クラッシュ」

若桝は疲れ果てて息も絶え絶えに、ドカッとスツールに座り込みながら言った。心臓マッサージの圧迫深度は、成人で五～六センチとされる。つまり胸部を押す度にそれだけ凹ませなければならないのだから、大の大人にとっても大変な重労働である。

　クラッシュ症候群、または挫滅症候群は、重い物に長時間圧迫され、それから解除された後に血流が再開すると、活性酸素などの有害物質が大量に全身へ流れて致死性不整脈、急性腎不全、循環血液量減少性ショックなどを起こしてしまう症状だ。この患者は多分右下肢を何かに強く挟まれ続け、その状態から解除されてショックを起こしたのだろう。

　クラッシュ症候群に備えて、救急隊員は現場ですでに生理食塩水の輸液を始めたり、心電図を装着して状態を確認しながら、薬剤も除細動も準備をしていたはずだ。だが、それでもこういう危機的状況は起きる。だから重い物に長い間挟まれていた人は、早く助け出したいからといって不用意にその障害物を退けてはいけないのである。

「メイロン入れてるよね？　排尿は……あるか。じゃ、低体温だけ気をつけて」

　若桝はふらっと立ちあがると、部屋をグルッと見回して「外の人はどう？　あと二人だっけ？」と廊下の方へ歩いていった。

「先生、足、大丈夫かも」

下半身が麻痺している男性が、安心したように照れ笑いを浮かべながらそう声をかけてきた。確認してみると、本当に足の感覚が戻ったようだ。

「本当だ。すぐ戻って良かったですね。他に出血しているところがないか、ちゃんと調べましょうね」

美南はそう言うと、村木に男性を検査室へ運ぶよう頼んだ。美南は、若桝が心肺蘇生した患者を診なければならなかった。

部屋を出る村木の背中を見ながら、美南はふと思い立って声をかけた。

「村木先生、検査室ではきちんと挨拶して、指示も全部ちゃんとしてね」

看護師たちはまるで母親のように気を配る美南に怪訝そうな顔をしたが、村木は「はいはいはい」と調子のいい返事を返してきた。

美南が細かく教えたのには、二つの理由がある。まず村木はついこの前まで学生という立場で甘やかされ、許されてきたせいか、例えば朝すれ違った医師や看護師に挨拶をするというような基本的な社会常識がない。先日も薬剤部に散々面倒をかけながら「お手数おかけしました」の一言もなく、内科部長の高橋祐樹にそれを窘められると、そんなこと考えもしなかった、というような顔をした。

その上、平気で間違った言葉を使う。院長の戸脇雄三が朝の内科カンファに顔を出した時には、「枯れ木も山の賑わいですね」と言って医師たちをドン引きさせたそうだ。村木は珍しく上級医がみんな揃ったと言いたかっただけなのだろうが、年配の医師を枯れ木にたとえたり、「つまらないものでもあった方がいい」という意味のことわざを間違えて使ったりと、ここでも常識のなさを露呈した。しかも本人は自分はそれほど非常識でも無知でもないと思っていて、悪気もないところがなかなか始末が悪い。

美南が村木にお節介を焼いたもう一つの理由は、放射線技師の松田耀介がとりわけ気難しい人だということだ。情報が少しでも多い方が医師も病状を理解しやすいので、画像検査ではできるだけ色々な撮影を行う。この撮影は放射線技師が行うので、医師はどことどこをどのように撮影して欲しいというような指示を出すのだが、村木のような新米医師はその指示のどれかを忘れてしまうことがある。

優しい放射線技師は、「ここも必要だろう」と気を利かせて、医師が指示しなかったものも自発的に撮ってくれる。だが松田は若い医師に意地悪で、言われたことしかしないし、その指示が間違っていてもわざと指示通りに撮影する。

松田については、美南も苦い思い出がある。まだ研修一年目で整形外科にいた時、左肩を脱臼した患者のX線撮影を依頼したのだが、検査依頼書に左右間違えて「右肩」と書いてしまった。患者の肩を見ればどちらが脱臼しているのか一目瞭然だったし、その場で「左肩ではありませんか?」と確認すれば済むことだったのに、松田は何も言わずに無傷の右肩を撮影して、撮像後に整形外科の山田省吾に送った。そのせいで美南は山田にも、痛みに耐えて検査結果を待っていた患者にも怒られ、平謝りをしてから松田のところに走っていって再検査を依頼した。ところが今度は予約がない急な依頼は受けられないとゴネられ、散々な目に遭ったのである。

もちろん間違えた美南が悪い。だがこの件以来、松田が全然優しい気を遣ってくれる人ではないことを、美南はよく分かっている。だから村木にも、念のために「指示を全部ちゃんとしろ」と言ったのだ。

キタソーのような田舎の二次救急病院は、この日のようにてんてこまいになることは稀だ。ここから車で三〇分のところにある赤十字病院が三次救急なので、重症患者や複数の患者は普通はそちらに搬送される。ただ近くに高速道路が通っているため、ごくたまに交通事故の負傷者がドカドカと運ばれることがある。

若桝が心肺蘇生を行った患者は、その後救急処置室で簡易放射線検査機を使って調べたところ、肋骨が折れて肺を傷つけていたので、緊急手術をすることになった。それで弓座と梅林大の医師が手術に入り、美南が弓座の代わりに外科外来を診ることになった。この手術の麻酔には非常勤の医師が来てくれたので、若桝は救急処置室で他の患者を引き続き診ている。キタソーは人数がギリギリなので緊急時にはこのように綱渡りの診療になるが、田舎のこの規模の病院はどこも似たようなものらしい。

外来の常連は担当医の変更に慣れているし、美南のことも知っているから何も問題はない。だが、中には可哀想なくらい困惑する患者もいる。例えば、股部や臀部の治療に来る若い男性だ。

「どうしました？」

担当医は中年の男だと信じて扉を開けると、目の前に自分と同い年くらいの、しかも童顔の美南がちょこんと座って、にっこりと営業スマイルを見せている。大抵の若い男性はここで「えっ」という表情をして、足を竦ませる。

美南もそれには慣れているので、そんなことは見ていないかのように振る舞う。

「お尻が座れないくらい痛いんですか。じゃ、ちょっと診てみましょう」

「はい、じゃ、こっちに寝てください」

母親世代の看護師が慣れた風に患者の背を押してベッドに横向きに寝かせ、膝を抱えさせる。そして突然ズボンを躊躇(ためら)いもなくガバッと剝(は)ぐので、患者は飛び上がらんばかりに驚く。しかしすかさずタオルを被(かぶ)せてくれる。それから患者は真っ赤な顔をして緊張しながら、触診する美南の手元に全神経を集中させるのだ。

時々、医師ではない友人にそういう時どう思うかと聞かれることがある。だが美南は基本的に患部しか見ていないので、それが異性の身体のどこにあって、どういう社会的意義を持っている箇所(かしょ)なのかは全く気にならない。

ただ顔を見て世間話などをしてしまうと、ちょっと居心地が悪くなる。多少の感情移入が生じるのか、精神的に相手が「知り合い」の距離になると、急に患部も「知り合い」の一部になってしまい、気恥ずかしさが湧(わ)いてくるのである。もちろんそれによって治療ができなくなるようなことはないが、このようなやりにくさを感じないために、美南はあまり患者に親しげに話かけないように意識している。そうしないと、美南の性格上誰とでも気軽に話してしまい、医師と患者としての距離を保てなくなってしまうのだ。年齢が上がって経験豊かになるとこのような問題はなくなる、あるいは慣れて大丈夫になるのかも知れない。

結局この患者は痔核、すなわちイボ痔が悪化しているため、後日手術で取り除くことになった。これは痛みもあまりなく、三〇分もかからずに終わる簡単なものなので、日帰り入院になる。ただ血圧やアレルギーなど麻酔への適応の検査もしなければならず、手術の同意書を取るなど書類上の手続きもあるから、いきなり病院に行って切ってきます、というわけにはいかないのだ。

午前中の外来を終えて救急処置室の様子を見に行くと、朝のドタバタなどなかったかのように静かで落ち着いていた。軽傷者は手当てを終えて帰宅し、重傷だった二人は外科病棟に移っている。こうして一人の患者を長く持たないのが、救急科の特徴である。救急治療が終わったら、その後はそれぞれの専門科に委ねるのだ。

若桝はすでに次の手術に麻酔科医として入っている。キタソーには救急専門医はおらず、美南とまだ小学生の子どもを抱える高橋を除く全員が交代で夜間救急を担当しているが、若桝は麻酔科と救急科も兼務しているのである。手術には必ず麻酔科医がいなければいけないから、緊急手術が多い救急科を兼ねる麻酔科医は珍しくない。

昼食を終えてすぐ手術の準備に向かうと、ちょうど研修医二年目の五十嵐流生が手術室から出てきたところだった。

「安月先生、おはようございます！　これからオペっスか？」

五十嵐はスラリと背が高く、お洒落で、一見まるで医師らしくないチャラ男イケメンだ。だが性格は社交的で穏やかなので、珍しいくらい天然なところはご愛敬とばかりに、職員にも患者にもモテモテである。学年は美南より一つ下だが、二浪しているので年上だ。若手の先輩も同期もいない美南にとっては、圧倒的に頼りになる仲間である。

「五十嵐先生、おはよう。そう言えば朝いなかったね。オペだったの？」

「はい、北崎先生のＰＤ（膵頭十二指腸切除術）っス」

――そうか、五十嵐先生は北崎先生の助手に入るのか。あれから自分は、全く入れてない。

美南の心の片隅が少し重くなった。

ふと見ると、五十嵐が手術室に戻って上半身を大きなゴミ箱に突っ込み、中を覗いている。五十嵐はいつも手術後にゴミ箱に入れる使用済みのキャップと洗濯カゴに入れる術衣を取り違え、ゴミ箱に術衣を放り投げては「あ、間違えた！」と言って慌て、身体を突っ込んで取り出している。

「おー、あぶねー。あれ？　術衣二つある。何で？」

何気なくそれを聞いていた美南はハッとした。一つは多分北崎のものだ。一度だけ助手に入った時、厳しい台詞を言われた直後に北崎が五十嵐と全く同じことをしていた。

あんなに几帳面で厳しい人が、術衣の片付けを間違えたまま平気でいるとは意外だ。北崎は仕事には厳しくて日常はそうでもないか、それとも他人には厳しくて自分にはそうでもないのだろうか。

その午後、美南は虫垂炎の開腹手術を執刀した。これは最も簡単な手術の類だし、患者の様子を見る以外は前もって準備することはあまりないが、自分が執刀医になるのは、レジデントになったばかりの美南にとっては緊張も興奮もする大イベントであることに変わりはない。

――「やめた方がいいよ。オペ向いてない」。

メスを手にした瞬間、ふと北崎の一言が頭を過った。

右腹直筋の外縁に沿って、五センチほど皮膚を切り開く。患者は大柄な二〇代女性で、かなり脂肪がついている。虫垂に辿り着くためにはこれを丁寧に退かしていかなければいけないのだから、細かい作業になるだろう。

助手をしてくれている小池という梅林大の医師はただ茫漠と鉤引きをしているだけで、執刀医である美南が見やすいように考えてはくれない。脂肪を除去する作業も少し手伝ってくれたが、基本的には美南が一人でやった。

「すみません、もう少しこっち側にもち上げて頂けますか」

すると、小池は無言で言われた通りにする。だがこちらが作業する箇所を少しずらしたら、鉤引きする箇所もずらしてくれないとまた見えない。

「あの、もう少しこっちお願いします」

「すみません、もう一度ずらしてお願いします」

小池は美南より数年先輩だ。それなのに今回は助手の手が足りないから鉤引きのようなつまらないことをやらせて、しかもくどくどと注文をつけるのは申し訳ない。しかしそのうちにそんな風に気を遣って小池に話しかけるのも面倒になり、いっそのこと自分で鉤引きした方が早いのではないだろうかと思い始めたほどだった。

手術が終わって少し休むと、外科病棟の回診だ。外科は内科に比べて入院日数が短く患者の入れ替わりが激しいが、それでも何人かの患者は美南の顔をよく覚えていて、冷やかしがてら声をかけてくれる。

「女先生、今日は寝坊か？　朝いなかったな」

「先生、赤ちゃん元気？」

「手術、意外と上手かったな。傷が痛くねえもん。ちゃんと外科部長先生にも褒めといてやったぜ」

そして最近よく言われることが、「女の先生もう一人入ったんだねえ」である。研修医の優花のことだ。これに美南は仲間というか、同類が増えて嬉しいような、少し誇らしいような気持ちになる。

ただ、外科病棟の患者たちの間では、優花の評判は芳しくなかった。

「痛くてたまんねえから先生呼んだら、『術後なんですから当たり前です』ってバシッと言われて終わりよ。何もしてくれねーの」

「頭がいいんだか知らないけど、いちいち難しいこと言うのよ。このままホーチすると何とかかんとかを引き起こすだかで、何だかいうソチを取りましょうとかさ。それで『いいですね？』って迫られたから、つい『はい』って言っちゃったけど……先生、もう一度ちゃんと説明してくれません？」

優花はまだ医師になって三か月にもならないし、内科の研修中だから、当直でしか外科の患者に接することがない。病状にも詳しくないし、患者とも親しくないのだ。だからきっと張りつめているから、冷たくあしらっているように見えるのだろう。

美南も最初はそうだった。やらなければいけないことと能力に自信がないせいで、頭も心も一杯いっぱいだった。だから自分では全くそのつもりがないのに、通りがかりにうっかり患者を無視して誤解されたり、簡単に説明しようとして冷たく聞こえてしまったりした。それに説明も経験がない分、どう言い換えればいいかも分からないのだ。

「まだ慣れてないんで、すみません。でもしっかりした先生なんですよ。段々上手くなると思いますから」

こう言うと、大概の患者は許してくれた。何だかんだ言って、みんな新人には温かい目を向けてくれる。

医局に戻ると、梅林大の医師たちが楽しそうに談笑している輪から離れて、優花が一人で分厚い専門書を読みながらおにぎりを頬張っていた。背が低くて華奢そうな細い体、白い肌、ワカメちゃんのような髪型、小豆(あずき)みたいな目、小さくて薄い唇(くちびる)。いつも一生懸命なのは評価できるが、いかにも気強そうな外見に加え、実際気も強くてプライドが高いから、多分今までも結構人間関係で揉(も)めてきただろう。

優花は成績優秀で、真面目(まじめ)な医師だ。都内にある最難関の国立大医学部を狙っていたが、残念ながらそれは叶(かな)わず新宿(しんじゅく)医科大学に進学した。本当は大学に残って研究の道を進みたかったらしいが、生活が苦しいシングルマザーの家庭で育ったため、早く就職する必要があるという。

優花は美南と同じくキタソーが出す「地域医療振興奨学金」を受けていた。これは人手に困るキタソーが経済的に窮(きゅう)する医学生の学費を肩代わりし、国試合格後それに見合った年数をキタソーで働くというものである。優花は全部で六年の縛りがあるがこれはあくまで合計年数で、その間に進学、留学や研修をするのは構わない。

美南も大学最後の一年間の学費全額をこの奨学金で賄(まかな)ったので、キタソーに三年間勤務しなければいけないという条件があった。今年がその最後の年だ。本来はこれに加えて産休で二か月ほど遅れているのだが、医事課が今までの勤務時間を考慮(こうりょ)して、三月までで奨学金関連の義務を終えることにしてくれた。つまりキタソーにいなければいけないのは、今年度末までということになる。

「石川(いしかわ)先生、外科病棟の沢野(さわの)さんが先生の説明全然分かっていないみたいだから、もう一度丁寧に説明してあげて」

美南が自分のデスクに座ってカルテを見ながら言うと、優花が憤った表情をした。

「え？　だって分かったたって言ったのに……私、もう二回も説明してるんですよ。沢野さんは人の話を聞く気が全然ないんです」

「じゃ、話し方を変えなきゃいけないね。分かってもらわないと処置ができないから」

「私のせいなんですか？　沢野さんに理解力がないのがいけないんじゃないですか？」

「問題はそこじゃないのよ」

美南がPCを見つめながらそう言うと、優花は気がついたように「あ、はあ」と不満気な返事をした。優花のプライドは少し面倒臭いが、論理的に話を進めると理解するので、一つ一つの話に丁寧に時間をかける必要がある。

キタソーには今年、愚痴は多いがよく働く優秀な優花と、お調子者の村木の二人が入った。美南は内科部長の高橋から、五十嵐も合わせて全部で三人いる初期研修医の面倒見役を仰せつかっている。

2

病院内の廊下に湿気が籠るようになると、そろそろ梅雨だなと思う。病室や待合室は空調が除湿してくれるが廊下はそれがないので、ちょっと部屋の外に出ると突然生暖かく水っぽい空気がのしかかってくる感じがする。この頃急に息苦しさや夜の寝苦しさを訴える患者が増えるのは、低気圧で血流が悪くなったり、湿気で呼吸がしにくくなったりするからだ。

美南はこの日、病棟回診の時持ち歩いていた資料をナースステーションのどこかに置き忘れてしまったので、慌ててステーションに連絡をした。すると、准看（准看護師）の阿久津直人が元気よく内線電話でこう言ってくれた。

「はい！　大丈夫です、探してとっておきます！」

その後少し用事を済ませてから、外科病棟に向かった。エレベーターを降りると食べ物のいい匂いが廊下中に漂い、食器が載ったトレイを各病室に運ぶ忙しない足音や食器の音が聞こえる。昼食の時間だ。

この匂いは肉じゃがかな、などと思いながら美南が暢気に匂いを嗅いでいると、いきなり看護師の怒号が聞こえてきた。

「阿久津くん、何やってんの？　配膳！　早く！」

「はい、すいません、今行きます！」

「この忙しいのに、何ステーションに籠ってんの？　今やるべきことは何？」

美南は阿久津が自分のせいで叱られているのではないかと思って、慌ててステーションへ走った。

阿久津は、今年からキタソーで働き始めた新人の准看である。准看の制度は廃止の流れになっているため年配者が多く、現在は全体の二割ほどしかいない。だから若い男性准看は非常に珍しい。

看護師と准看の違いは何かというと、まず持っている免許の発行者だ。看護師の免許は厚生労働大臣が発行する国家資格で、准看の免許は都道府県知事である。

それから、立ち位置が少し異なる。准看護師も看護師と同じ医療行為ができるが、准看は医師や看護師の指示を受けて業務を行う。つまり准看は、名前の通り看護師より下に位置しているわけだ。

さらに必要な学歴も違う。看護師になるためには高校卒業後看護専門学校や看護短期大学、四年制大学の看護学部等に三年以上通わなければならないが、准看は中学校を卒業して准看護師養成所に二年通う。そのため、准看は看護師より早く仕事に就けるという利点がある。

美南は内科看護主任の相吉沢朋美（あいよしざわともみ）と親しいが、以前その朋美から聞いたところによると、阿久津は首都圏の名門私立高校に通っていたものの、いわゆる引きこもりになって高校を中退したそうだ。そして数年後に准看の資格を取って、今年からここで働きだした。そのせいか成人しているのに世慣れておらず、それでいて生真面目（きまじめ）なので要領が悪く、よく先輩看護師に叱られている。

案の定、この時も阿久津は美南の資料を探して、クリアファイルに入れて丁寧にとっておいてくれた。そして仕事すべき時にその作業を優先したために怒られていたのだ。

「すいません！　私が阿久津くんにちょっと頼み事をしちゃったんで、動けなかったんです」

　背中を丸めて小さくなっている阿久津に申し訳なくて、美南はステーションに駆け込みながらそう説明した。すると阿久津を叱っていた外科看護主任の平田(ひらた)加恋(かれん)が、まるで「そんなことは知っている」とでも言わんばかりに返してきた。

「阿久津くんは自分が配膳担当なのを知ってるんですから、時間前に担当でない他の看護師に先生の頼まれ事を譲(ゆず)るなり、配膳係を替わってもらうなりできたんです。考えがそこまで及ばなかったことを叱ってるんです」

　――なるほど。

　美南はこれに納得してしまって、阿久津と並んで「どうもすみません」と頭を下げるしかなかった。加恋は若いのにいつも理路整然としていて、はっきりと分かりやすい物言いをする。よく余計なことを言ってしまったり言葉が足りなかったりする美南は、自分とそれほど歳の違わない加恋をこういう点で尊敬していた。

　何だかんだ言って、こんな時間にお気楽に用事を言いつけた美南が一番悪い。だが阿久津は叱られたことを気にして、背中を丸めて自信なげに俯(うつむ)いていた。美南が謝ると無理に笑顔を作るのだが、また暗い顔になるのだ。

「ホント、ごめんね。私のせいで」

「いいえ。僕がグズグズしてたから安月先生にまで嫌な思いをさせてしまって、申し訳ないです」

「いや、そんな……」

村木や優花と比べて腰が低いのは結構だが、阿久津は恐縮し過ぎる気がする。こんな風だと、些細なことにも簡単に追い詰められてしまう。

すると、総合待合室の廊下で朋美が声をかけてきた。

「あらー、安月先生！　最近一緒にご飯食べられてないねえ」

朋美は美南の母より少し若く、農家をしている夫と舅、それに高校生の息子二人を持つ堂々としたお母さん看護師だ。美南がキタソーで働き始めた頃から色々教えてくれて、気も合うので、科が違う今でも時間が合えば休憩室で一緒に昼食を食べる仲である。

「どしたの？　眉間に皺なんか寄せて」

「寄せてます？」

美南は慌てて眉間を触った。

「阿久津くんって准看いるじゃないですか。今私がつまらない用事を頼んだせいで平田さんに怒られちゃって、何か申し訳なくて」

「ああ、彼はねー。どっちにしても怒られるのよ。色々遅いし、気も利かないから。『最近の若い子は』ってんじゃ済まないくらい鈍臭いからね。まあ加恋ちゃんも厳しい人なんだけど。あっとごめんね、ちょっと急ぎだから」

朋美は苦笑すると、励ますように美南の肩をバン、と叩き、忙しなく去っていった。内科部長の高橋が、廊下の向こうで患者と一緒に朋美を待っていたのだ。

「安月先生、込田さんが会いたがってたよ。何かのついでにちょっと話してやって」

高橋は少し寂しそうな笑みを浮かべてそう言い残すと、朋美と患者とともに去った。

込田佐枝子は、八〇歳の誕生日を迎えたばかりの女性患者だ。先月背骨が痛むと言って整形外科を受診したが、検査の結果かなりステージが進んだ膵がんであることが分かり、すぐに内科に入院した。膵がんは初期は無症状で、その後腹痛や黄疸、腰背部痛が出るようになり、体重減少や消化不良になる。佐枝子の主治医は高橋だが、当初は手術を予定していたので美南が外科を担当していた。

もともと膵がんは早期発見が困難なので、七割以上が診断時に切除不能と言われる。五年生存率も六～七％と予後も極めて不良で、早期発見して切除しても一五％までしか上がらない。佐枝子の腫瘍は大きさが二センチを超え、膵内胆管にも浸潤している。教科書通りに言えば、切除はかなり難しい。

それに、周辺のリンパ節や血管にがんが浸潤している可能性も低くない。こればかりは検査に反映されず、患部を直接見てみないと分からないことが多いのだ。そうなると手術をしても全てを除去するのは非常に困難で、最悪の場合はインオペ（インオペラブル、手術不能）、つまり患部を切り開いたものの、手をつけられないということで何もしないで閉めることになる。インオペはいうなれば内臓まで達する大きな切り傷をつけることだから、高齢の佐枝子にとっては手術それ自体が致命傷になることも十分あり得る。美南と執刀予定の弓座は、悩んだ末内科的治療を続けた方がいいという結論に達した。

だが化学療法も抗がん剤も体力を削ぎ取ってしまうので、そんなに何回も継続的に投与できない。それに抗がん剤は副作用を伴うから、高齢患者で体力がない場合はとても怖い。そのため、高橋も治療スケジュールをどう立てるべきか頭を抱えていた。

佐枝子が言うには広島に住む孫に美南が似ているそうで、見舞い客がそれほど多くないせいもあって佐枝子は美南に会いたがった。よくしゃべる人だが毎日着替えを持ってくる夫はものすごく無口で、いつも機嫌悪そうにしている。

「あらー、先生、お元気？」

美南が様子を見に行くと、佐枝子は嬉しそうにそう言いながら、読んでいた雑誌を脇に退けた。

「込田さん、どうですか？」

「良くないの。胃とお腹の調子がずっと悪くて、吐き気もするから食欲も減っちゃって」

「抗がん剤使ってますから、どうしてもね」

美南は頷きながら、しかしこの痩せ方や体力の衰えは抗がん剤の副作用ばかりではないだろうと思った。膵がんは栄養の吸収ができなくなるから、体重が著しく低下する。インスリンの分泌が悪くなり、黄疸や糖尿病の症状が出たりもする。佐枝子はまさにそれだった。

だが今、外科医である美南にできることは何もない。そもそも主治医でもないのだ。佐枝子もそれは分かっていて、美南と会いたいのは、ただおしゃべりしたいだけだろう。

「ねえ先生、お子さん元気？　何だっけ、結ちゃん」

「お陰さまで元気ですよ。女の子だからかな、よくしゃべるんです。うるさいくらい」

「そう、それは女の子だからよ。うちもそうだったー。女って、子どもの時からもううるさいの。でもいいわねー。私の孫はね、先生と同じような歳なんだけどまだ結婚してないの」

佐枝子はひとしきり楽しそうに会話をすると、ふと疲れた顔で大きく呼吸をした。

「少し休みましょうか。痛みがあります？　四つん這いになりますか」

美南がその表情を見てそう気を遣うと、佐枝子は「そう、そうね、そうすれば少し楽になるかしら」と呟いた。膵がんは末期になると膵臓に炎症が起きるので、背中や腰に痛みがある。お尻を上げた状態で四つん這いになるとこの痛みが軽減するので、美南はその体勢を促したのである。

「普段あんまり眠れませんか？　背中痛いですか」

「うん、それは前から。それに何ていうか、眠りが浅いの。しょうがないわね、辛いのは今だけね。もうすぐずーっと眠ったままになるんだから」

佐枝子は半ば冗談めかして言ったのだろうが、美南は上手くそれに笑って対処することができず、つい真面目な声音で「やめてくださいよ」と制してしまった。佐枝子はふふふ、と少し声をあげて笑うと、ゆっくり四つん這いになり、辛そうに眉をひそめた。

「どうですか？」

「あー……少しは痛くなくなるけど、胸が辛いし疲れるわ。ダメだ」

佐枝子を元に戻すのを手伝いながら触れた胸、肩、腕。どれも薄皮が骨を包んでいるだけのようだった。入院してきた時はむしろぽっちゃりしていたのに、あっという間に痩せ細ってしまったのだ。佐枝子は元の体勢に戻ると、必死で大きく呼吸をした。

「ごめんなさい、先生、ご面倒かけて」

「いいえ、全然」

「何だ、また我儘言ってんのか」

背後で声がしたので振り向くと、佐枝子の夫が機嫌悪そうに口を尖らせて立っていた。佐枝子は夫を見るとキュッと表情を強張らせ、冷たい声で「あら、お父さん」と言った。夫が手に持つ使い古した紙袋には、洗って畳んだ下着が入っている。

「先生、こいつの我儘なんかまともに取り合わなくていいんですよ。いつだって好きなこと言ってんだから」

「好きなことなんて言ったことないじゃない。本当に痛いのよ。お父さんは冷たいんだから」

「何が痛いだ。お前は昔っから我慢するってことを知らないんだ」

「先生、ごめんなさい。お仕事でしょ？」

美南に見られたくないのであろう、佐枝子がそう急かしたので、美南は「じゃ、私そろそろ失礼します」と立ち去った。背後で夫が紙袋からガサゴソと雑に取りだした下着を見て、佐枝子が文句を言っている。

「あらお父さん、これじゃないんだってば。ピンクのって言ってるじゃないの」

「ただ寝てるだけで何で下着の色がそんなに大事なんだ、どこのお嬢さまのつもりだ」

この夫婦は顔さえ合わせればこんな風にケンカをしている。佐枝子は下着の替え一つままならない自分の状況や、自分の話をちゃんと聞いてくれない夫がもどかしいのだろう。一方佐枝子の夫はきっと毎日必死で慣れない洗濯をして、それをちゃんと畳んで紙袋に詰めて、車を運転して持ってきているのに、妻からの感謝の一言もないので頭に来るのだろう。

自分もそのうち景見とこんなしょうもないケンカをするのだろうか。そう思ったら、何となく苦々しい笑みが浮かんだ。夫婦というのは一番親しい他人だ。近くなればなるほど遠慮もなくなるし、遠慮がなくなることに腹も立つのだ。

美南は歩きながら苛立ちと迷いを感じていた。佐枝子を手術しないという決断は、正しかったのか？　このままならやがてはおそらく体力を考慮して抗がん剤治療もやめ、緩やかな延命措置を取るだけになる。三か月は保てないだろう。だが手術で腫瘍を取り除くことができれば、再び元気になるのだ。手術しなくていいのか？　今ならまだ方針転換に間に合う。

だが、開いてみて思ったより浸潤が酷かったら？　手術中に亡くなってしまったら？　あるいはインオペだったら、ただ死期を一気に早めてしまうだけになる。高橋が言うには、佐枝子に手術をしたいかしたくないか尋ねた時、「もう歳だからできるだけしたくない、楽に寿命を迎えたい」と答えたそうだ。「できるだけしたくない」とは、どのくらいまでならしてもいいのだろうか？

美南は、どうしても父の知宏のことを考えてしまう。ステージⅣ、つまりほぼ末期の肺がんになっていた知宏は、それでも最後まで諦めずに分子標的薬を投与したところ、劇的に病状が改善した。ほぼ普通の生活に戻ってもう三年が経つが、幸い再発の兆しもない。

知宏は運が良かったと言えばそれまでだ。だがそれを目の前で見ているだけに、美南は心のどこかで佐枝子も幸運なのではないか、佐枝子も治るのではないかと思ってしまう。病気の多くはきっと自分と現代医学の知識が不十分なだけで、実は人の手で治せるもののような気がしてしまうのだ。

難しい顔をしながら医局に戻ろうとして総合待合室を横切ると、ふと老女に声をかけられた。

「あのー、すみません、検査室ってどちらですか？」

老女の後ろには全身がほとんど動かないのか、ティルト・リクライニングの車椅子からずり落ちそうになっている三〇代くらいの男性がいる。美南が場所を教えると、老女は深々と背中を丸めてお礼を言ってから、皺だらけの細い腕を震わせて小さな体で車椅子を押し始めた。

「車椅子、押しましょうか？」

美南は見ていられなくなって、老女に手を貸した。

検査室に行くまでの道すがら、老女は藤波という苗字で、車椅子の男性は自分の息子、三八歳、以前はＩＴ企業でシステムエンジニアをしていたことを教えてくれた。三年前から手の指に力が入らなくなり、それから徐々に体がいうことを聞かなくなって立ち上がれなくなり、今では食べ物を飲み込むのも難しいという。

――筋ジス（筋ジストロフィー）？　ＡＬＳ（筋萎縮性側索硬化症）かな。手が動かないから、ＳＭＡ（脊髄性筋萎縮症）じゃないか。

美南は男性をチラチラと見ながら考えた。筋ジストロフィーはタンパク質の設計図になる遺伝子に変異が起きて生じる遺伝性筋疾患の総称で、筋肉が壊死し、その結果身体が動かなくなったり、内臓や呼吸器が障害されたりする。ＡＬＳは運動を司る運動ニューロンという神経が障害を受け、脳からの命令が伝わらなくなって身体を動かせなくなる。使わないから筋肉が落ちていくので、筋肉自体の疾病ではない。これが筋ジストロフィーとは異なる点だ。またＳＭＡは脊髄の運動神経細胞の病変によって起こる筋萎縮症で、ＡＬＳと同じく運動ニューロンの病気である。ただ、成人になって発症するＳＭＡはＡＬＳと違って下位ニューロンだけの障害のため、上位の手も動かなくなっているこの男性には当てはまらない。

母親は息子が何の病気か分からないので病院を何軒も回っていて、今日初めてキタソーに来たことを教えてくれた。

「最初は赤十字に行ったんです。それから朋欧医科大病院、東京の元治大学病院。それでも分からなかったので、難病センターにも紹介して頂いて行きました。でもダメだったんですよ。何でこんな病気になってしまったのか……」

老女が悲しそうに振り向いた先には、人形のように動かない男性の姿があった。だが老女は息子の手を取って美南にニッコリと笑いながら、声を弾ませた。

「でもねえ、こちらは素晴らしい先生がいらっしゃるんですね。この子、ＡＬＳなんですって。今までにもその疑いはあるって言われてたんですが、あんなにはっきり言って頂いたのは初めてで、何だかホッとしました。やっと一歩進んだ感じ」

これを聞いた美南は、一瞬全身を強張らせた。

――病名を言った？

そんなはずはない。今日が初診でこれから検査だというのに、どこの病院も分からなかった難病を簡単な問診くらいで言い当てるなんてありえない。

「若い男の先生でした」

村木だ！　美南の身体中に、変な汗が噴きだした。初診でも疾病を推測できることは確かにあるが、検査もせずに断定的に病名を口に出すのは医師としてかなり乱暴だ。ましてやこの男性のような非常に難しいケースでは、迂闊に珍しい病名を口にできない。だが村木はお調子者で、思ったことを口に出してしまうタイプで、しかも常識外れなところがある。

「あの、それは多分ＡＬＳの可能性があるってだけです。検査前に診断はできませんから。

きっとまだ新人で慣れないので、言葉が足りなかったんです。申し訳ありませんでした」

美南が慌てふためき、狼狽しながら頭を下げると、老女は酷く意気消沈した表情をした。

「あら、そうだったんですか……まあ、そうよね」

美南の頭の中で、色々な慰めの言葉が浮かんだ――「今度の検査で何か分かるかも知れません」――いや、何も分からなかったらもっとがっかりさせてしまう――「病名が分からないことなんてよくあるんですよ」――何の慰めにもならない。

「あの、おうちはこの近くですか？」

結局、こんな風に話題を変えるしかなかった。意気消沈した母親の横顔を見ながら、胸が酷く痛んだ。

検査室で待っていた検査担当は、例の松田だった。

「おや、医師の先生が直々にいらっしゃるとは珍しい」

「いえ、ちょっと通りかかったらこの方が大変そうに車椅子を押していらっしゃったので」

美南がそう答えると、松田は「ああ」と老女を見て頷き、それから受付モニターを見た。

「そうか、連絡くれたの村木先生でしたっけ。えーと、ＭＲＩ（磁気共鳴画像法）ですね。それから四時半に神経伝導検査」

「四時半？　四時間も空いちゃうんですか？」

「ええ、神経伝導検査の方は依頼が遅れたんで、臨床検査技師のスケジュールの都合上順番が後になりますね。検査室も忙しいんで」

美南は呆れて、松田の顔をまじまじと見た。多分村木は松田に一遍に伝え忘れただけで、同じ患者の検査なのだから一気に終えた方がいいのは明らかだ。それが四時間後とは村木への嫌がらせなのかも知れないが、藤波の負担が大き過ぎる。

「申し訳ないんですけど松田さん、藤波さんは少し遠いところから外来でいらっしゃってますし、付き添いの方もご高齢なんで、できるだけ早く、まとめて検査終わらせてあげたいんですが……どうにか二つ一遍にお願いできませんか？」

美南が松田の機嫌を損ねないよう言葉を選んで丁寧に依頼すると、松田は藤波と美南を見比べ、顔をしかめ、モニターを見ながらマウスを動かした。

「しょうがないですね。でもこっちも忙しいんで、次回からまとめて検査して欲しいならまとめて指示するよう下の先生に言っといてくださいよ」

「はい、気をつけます。ありがとうございます、助かります」

美南が何回も頭を下げると、松田は磨いているかのように見事に光る頭頂部からズリ落ちたディスポキャップを軽く直しながら、大きなため息をついた。口ほど怒っている風ではなかった。

松田が特別に威張って大げさに言っているのではなく、検査技師は本当に忙しい。藤波と車椅子の息子を検査室に入れてから美南が廊下に出ると、何人かの患者が列をなして座っていた。患者の多くは、まず検査をしなければ治療できない。しかも検査によっては、一つで何時間もかかることもある。それを少ない人数でできるだけ早くこなさなければいけないのだから、松田がイライラする気持ちも分かる。

　美南は医局に戻って村木を捕まえ、確定診断前に病名を患者に伝えたことを注意した。すると村木は一瞬何が悪いのか分からないようで、「え？　え……」と狼狽えていたが、すぐに言い訳を思いついたようだ。

「いや、でもあれはどう見てもＡＬＳですよ。それに聞かれたから、『僕はＡＬＳだと思います』と言っただけです」

「でも、うちではまだ何の検査もしてないよね。問診程度じゃまだ診断つかないよね？」

「だから、断言はしてないですよ」

「あのね、患者さんって、こっちが思うより医師の言葉を重く捉えてるよ。現にあのお母さん、『初めてはっきり病名を言ってもらえて一歩進んだ感じ』って喜んでたんだから」

　これを聞くと村木は顔色を変え、「え？　マジですか」と小声をあげた。

「うん。ぬか喜びさせたことは、次回ちゃんと謝ってね」

「え？　謝るんですか？　思い込んだのはあっちですけど」

「うん、でもそもそも言わなくていいことを言っちゃったんだから」

　美南がそう窘めると、村木は不満そうに黙った。美南はその納得の行っていない表情を見てもう一度念を押した。

「『何の病気でしょうか』って聞かれたら、推測や憶測で答えちゃダメ。『分からない』って言うべきだよ。実際分からないんだから」

「……医師って不自由ですね」

「逆に、人の命に関わる言動に何の制約もなかったらおかしいでしょ?」

これに村木は笑って「はー、なるほどお」と頷いた。この青年は、どうもあまり深く物事を考えていないように見えるが、言葉の重みというものを分かってくれただろうか。

藤波に限らず、どんなに医療が進んでもまともな治療ができない場合がある。ざっと見て四つ。

まず、現在の医療ではどうにもできない疾病。

次に原発巣が不明な疾病。諸悪の根源がどこにいるか分からないと根本的な治療ができないから、治しても治してもまた悪いところが出てくる。原発が分からないなんてことがあるのかと訝(いぶか)しむ人もいるが、時間が経たないと症状がはっきりせず、いくら検査しても結果が出ないことも多いのだ。美南の父・知宏がそうだった。最初の診断は原発不明がんで、原因が肺がんだったと分かるまで二年かかった。

三つ目は、疾病が発見されない場合だ。例えば急性喉頭蓋炎(こうとうがいえん)は、できるだけ早く気管を切開しないと窒息死することもある。ところがこれはB型インフルエンザ桿菌(かんきん)や肺炎球菌などの細菌感染によって引き起こされるので、初めは喉の痛みや発熱といったよくあるカゼの症状が出る。そのため患者本人も周りの人たちもいつものカゼとして軽く考え、寝かせていれば治るだろうと病院に連れてこなかったりする。そうなると治療はもちろん不可能だ。アメリカ合衆国初代大統領のジョージ・ワシントンが、これで亡くなったと言われている。

　そして四つ目は、治療する側の制約である。疾病には学会などが定めるかなり厳しい診断基準があって、これを満たさないとその病名をつけることができない。例えば成人発症であること、経過は進行性であること、さらに決められた数か所の部位で特定の検査を行った結果、決められた所見を満たすことなどの条件全てをクリアしないとＡＬＳと診断できない。つまり、その病気に対する治療や投薬を開始できないのだ。

　この基準によって誤診による間違った治療を防ぐことはできるが、逆に今回の例のように多くの医師がＡＬＳではないかと思っていても、診断基準を満たしていないので病名不詳となって手が出せないこともある。

　美南は手術の準備をしながら村木のことを考えた。弱々しい高齢の女性に「息子は何の病気なんでしょう、先生はどう思いますか」と食い下がられたら、自分だって二年前だったら何かの病名を口にしてしまうかも知れない。村木は医師になってまだ二か月、医師の言葉の重さを理解するほど経験がない。常識がないというより、状況を把握していない可能性もある。

「さっき、村木先生のこと怒ってたじゃん」

　午後になって弓座の手術の助手をしていると、麻酔科医として入っている若桝がモニターを見ながら言った。どこで見られていたのか、この医師は本当に目端が利くし、頭の回転が速い。

「そんな大げさなことじゃありません。ちょっと注意しただけです」

「村木先生が藤波さんに適当に病名言っちゃった件でしょ」

美南が説明に困って口ごもると、若桝は平然と言った。村木と話していた時医局には誰もいないと思っていたが、もしかしたらソファに若桝が寝ていたりしたのだろうか。美南は慌てて誤魔化そうとして曖昧な返事をしたが、むしろ何があったか分かっているなら話が早い。そこで自分が今悩んでいることの正解を聞いてみようと思い、若桝と弓座に自分がどう言って村木がどう反応したかを説明した。

「自分だって医師になったばかりなら同じことをしたかも知れないですもんね。注意するのって、難しいですね」

するとさっきから一度も術野から目を離さず、「へー」とか「ふーん」といった返事しかしていなかった弓座が、手元を見たまま言った。

「強い言い方するのが上の仕事だよ」

「は？」

「オペ中に研修医が失敗しても、研修医だった頃の僕もそうだったたって思ったら、僕は注意できないの？　そんなことしたら指導医いなくなっちゃうよ。あ、そこ、神経切らないよう気をつけて。上に叱られて、初めて事の重大さが分かるってことも多いしね」

弓座は神経や血管を丁寧に脂肪から剝がしながら、ぶつぶつと独り言のようにそう言った。すると、若桝が優しく微笑した。

「まあ、レジデントはうるさい先輩が役回りだと思って」

この二人は、美南の考え方それ自体は間違っていないと言って慰めてくれているのだ。優しい上司たちだ。

「そうですね。ありがとうございます」

最後の処置と確認を終えて手術室から出ると、弓座が手術室の入口に貼ってあるスケジュール表を眺めている。美南は少し躊躇ったが、思い切って気になることを尋ねた。

「弓座先生、私が助手をしている時、気になることは何かありますか？」

「気になる？　どういうこと？」

「頭に来ることとか、その、『向いてないな』と思う点とか」

「頭に来ることはちょいちょいあるよー。ラパロ（腹腔鏡手術）の時手元がブレてるとか、鉤引きの場所がズレてるとかさあ」

弓座は冷やかすように少し声を大きくした。

「でもそれはしょうがないでしょ、君は僕じゃないんだから。同じとこから見てるわけじゃないんだし。ブレてるよとか、ズレてるよとか、その度に僕が言えばいいんだからね。それで君が『向いてない』ことにはならないよ。何で？　誰かに言われたの？」

「あー、いいえ。ちょっと考えてたんで。ありがとうございます」

美南は深々と頭を下げた。

なるほど、こうなると北崎の「向いてない」という言葉は、正面から受け止める必要がないのかも知れない。そもそもそんなに強い言葉を向けるなんて、その時はひどく感情的だったのか、それとも言葉選びが下手なのか。保育園へのお迎えの件以来自分を不快に思っているから、そういう言い方をしただけなのだろうか。

手術を終えて医局に戻ってくると、ちょうどその北崎が出て行くところだった。別に悪いことをしたわけではないのに、本人に会うと変に恐縮して挙動不審になってしまう。扉の向こうから「お疲れさまでしたー」という梅林大の医師たちの声が聞こえる。

「あ、あの、お帰りですか？　お疲れさまでした」

分厚い眼鏡(めがね)をかけた北崎は美南を一瞬だけ見遣ると、

「お帰りじゃない。これからまた大学病院の方に行くんだ」

こう言って去った。

おそらくこれから朋欧医科大に行って、手術か会議か勉強会でもするのだろう。そもそもアメリカ留学をしていたようなエリート医師が、帰国時期が中途半端(はんぱ)だったからと言って、何でこんな田舎の病院に派遣されることを了承したのだろう？　きっと本人も不満なはずだ。だからきっと、あんなにいつも不機嫌そうに目を細めているのだ。

――それにしたって、単なる社交辞令でしょうに。

「あの先生、独り者？」

北崎が出て行った後、梅林大の医師たちが話をしていた。

「バツイチらしいよ」

「難しい人だもんなあ」

美南はその会話に、心の中でひっそりと同意した。

「駐車場で会ったから挨拶したら、すごい顔して睨まれたよ。あんな感じでアメリカでやれてたのかね？」

「もっと年齢の行った大先生だと、ああいうタイプも時々いるけどね」

「あの先生、何歳だ？」

「四〇のちょっと手前じゃなかったか？　三七か三八とか……」

そう言いかけた医師が、いきなり美南の方を向いた。

「安月先生、旦那さんいくつ？」

「え？　えーと……三六です」

「そうか、じゃ、北崎先生と近いんだ」

すると他の医師たちも楽しそうに口々に質問してくる。

「三六？　結構歳離れてない？」

「一〇歳違います」

「お子さんまだ小さいから、結婚したの最近だよね？」

「もういいじゃないですか。じゃ、お先に失礼します」

美南が笑いながら質問をかわし、逃げるように鞄を持って医局を出ると、背後で医師たちの笑い声が聞こえた。

「何だ何だ、隠さなきゃいけないことでもあるのかー？」

「こらこら、プライバシーの侵害だぞ」

子どもの話をするのは全然構わないのだが、結婚のことを聞かれるといちいち説明するのが面倒だ。美南は景見との間に結を産んだが、するすると言いながらまだ入籍していない。

要するに、結婚というものをしたくないのかも知れない。最近の美南は、自分を見つめ直してそう思うようになった。アメリカにいる景見はともかく、自分が町役場に婚姻届を出しに行く機会はいくらでもあった。でもしなかった。どうして？

自分は先生のことを心から好きだし、二人の間に生まれた結も愛おしい。ただ、結婚というものに全く魅力を感じない。景見にプロポーズした時、美南は「結婚したい」と言った。だがあれは景見のパートナーでいたい、景見を手放したくないという思いから出た言葉だった。

自分が結婚して景見の姓を名乗り、景見の家に入ることになると、景見の庇護下に入るというイメージが拭えない。今でもいつでも景見に頼って守られている自分が、そういう状況になって精神的に自立していられるのだろうか？　あるいは今でもいつでも自分と結を優先しようとする景見が、そうなって今より更に自分のしたいことを我慢しはしないだろうか？　つまり美南も景見も、結婚することによって好ましくない形で束縛されているような気がしてしまうのではないだろうか。

もちろんこのままでいようとすれば、色んな人たちから我儘だと言われるだろう。だが結婚するべきという周りや社会の空気に押されて結婚したら、その葛藤(かっとう)の中で結婚したことを後々悔やむのではないだろうか？　自分も景見も独り身だったらもっと自由に動けたはずなのに、結婚という形に縛られたことを後悔(こうかい)するのではないだろうか？

　時代は変わっている。幸い、これまでの日々で結に書類上父親がいなくて困ったことはない。それでも自分の家族や景見の家族のことを考えて、結婚するべきなのだろうか。美南は自分の胃が重くなるのを感じた。

３

「お姉ちゃんが元々なりたい医師像からいったら、内科は違うよね。一番近いのは救急かな？」

　夜遅く電話をかけてきた妹の孝美(たかみ)が言った。孝美は昨年司法試験に合格して、今は司法修習生として隣の県の地方裁判所で実務修習を行っている。

「うーん……」

　美南は曖昧にそう唸(うな)ったが、心の中では孝美に同意した。闇を照らすオレンジ色の光。幼稚園(ようちえん)の時の自分が、意識を失った祖母とともに乗った救急車から見たあの光景。「あそこに行けば何とかなる」と思って、縋(すが)るようにその光を目指してやってくる患者の不安を取り除いてあげたい。いつも美南の心の真ん中にあるこの夢は、確かに救急科のイメージである。

だが現実問題として、小さな子どもを抱えて夜勤は無理だ。だから美南は救急科ではなく、二番目に興味のある消外を希望しているのだ。

「で、そっちはどう?」

美南が話題を切り替えると、孝美は大きくため息をついた。

「えー? もう、どうしようもないよ」

昨年入籍して孝美の夫となった瀧田亮は孝美と一緒に引っ越して、今は隣の県のマンション建設現場で働いている。孝美はなかなか妊娠しないので、数か月前に婦人科で検査を受けた。その結果孝美には問題がないと分かったので、何とか瀧田を説得して精液検査までは漕ぎつけた。だがその後、瀧田が病院に行かないのだという。

「子ども欲しいって言ってるくせに精密検査はしないし、酒は飲むわ煙草は吸うわ、生活は不規則だわ、偏食だわ……分かってないのか、問題と正面から向き合うのが怖いのか。どっちにしても、そんな態度じゃ困るんだよね」

「亮くん、ショックなんじゃない? 不妊が自分の責任かもって思うと」

「それはね、分かるよ。亮の友達がみんな結婚が早くて、まだ若いうちに子どもが生まれてるでしょ? だから自分も簡単にすぐ親になれると思ってたんじゃないかな」

近年のWHO(世界保健機関)の報告によると、不妊症のカップルのうち男性にのみ原因がある場合が二四%、女性にのみ原因がある場合が四一%、男女ともに原因がある場合が二四％、原因不明が一一％となっている。つまり男性に原因がある不妊は、全体の五割にも及ぶことになる。

だが、不妊症の男性が治療を受けないケースはよく見られる。その理由は単純で、ある調査によると「自然に任せたかった」という回答が過半数を占め、次いで「自分が不妊だと認めたくなかった」という答えが二一・八％となっている。要するに不妊男性の四人に三人が、自分さえ動けば解決できるかも知れない問題を放置しているのである。

「急がなくていいじゃん。まだ若いんだし。検査ゴリ押しして、仲が悪くなるのも嫌じゃない？　本人の中で葛藤もあるんだろうし、もう少し待ったら？」

「うん……」

美南が慰めると、孝美は不安そうな返事をした。

多分、瀧田は検査結果に傷ついているのだ。切羽詰まっていないのなら、自分から動くのを待った方がいいのではないだろうか。いや、待っているうちに孝美が「瀧田が認めたくなかった事実を知っている唯一の人物」みたいになって孝美を敬遠するようになり、二人の関係が冷めたものになってしまうこともあるかも知れない。いつが一番いいタイミングなんだろう？

その数日後のことである。保育園のお迎えの後買い物に行き、すっかり暗くなってからアパートの前に車をつけると、自分の駐車枠の中にピンクがかった金髪をした黒い服の若者が座っていた。

——誰？　何でこんなところに座ってるの？　何か怖そう……いきなりクラクションを鳴らしたら、怒鳴ってくるかも。

美南の家の界隈は住宅地ではあるが、人通りは普段からあまりない。近所の人ともそれほど親しい付き合いはない。危険なことになったら、小さい結がいるのに逃げられないかも知れない。

そこで美南は通り過ぎるフリをして、さり気なくもう一度駐車枠を覗いた。ところがその青年の顔を認識するなり、大声を出して急ブレーキを踏んだ。

「え？　亮くん？」

髪の毛の色が以前と違うので分からなかったが、それは孝美の夫の瀧田だったのだ。

「亮くん、どうしたの、一人？　孝美は？」

「ねーちゃん！　良かった、帰ってきてくれて」

車窓を開けて声をかけると、瀧田が走り寄ってきた。「ねーちゃん」。瀧田は義弟なのだからこう呼ばれてもおかしくはないのだが、あまり親しくはしていなかったので、突然こんな風に呼ばれたのが妙に照れ臭い。

「孝美、来てねー？」

「孝美？　ううん、会ってないよ。どうしたの？」

すると、瀧田は困ったような顔をして「あー、そう……実家にもいなかったんだよな」と呟いた。

「まあ、今鍵開けるから上がって。ケンカしたの？」

「いやー、ってかそんなにケンカしたつもりなかったんだけどなー」

瀧田はそう言いながら美南の後部座席のドアを開けてベビーシートのベルトを外し、結を取りだして抱っこした。結は人見知りもするし瀧田にもそれほど慣れていないはずなのに、すっと瀧田の首に手を回して摑まった。眠かったのか、美南が話をしている人だから安全だと思ったのか、それとも外見ではなく本能的にこの人は大丈夫だと見分けることができるのだろうか。

美南は瀧田を居間に通すと、結の離乳食を食べさせながら話を聞くことにした。

「亮くん、コーヒー飲む？」

「あー、俺淹れるわ。ねーちゃんも飲む？」

瀧田はまるでこのキッチンに慣れているかのように入ってきて、美南の手からペーパーフィルターを取った。この青年は人との距離を一気に詰めるタイプらしく、初めは図々しいと思われがちだが、慣れると楽だ。

「かわいー！　ちっちぇー！　皿とコップがお揃いなんだ。あ、スプーンも！」

テーブルに並んだ結の食器を見て、瀧田が楽しそうな声をあげた。

「可愛いでしょ？　お食い初めの時、先生が一揃い送ってくれたの」

「あー、アメリカっぽい派手な柄だもんなー。へー、でも俺こういうの好きよ」

「ありがと。で、どした？」

美南が促すと、瀧田は首を傾げて気まずそうにしながらコーヒーカップを手に取った。

瀧田から話を聞くところによると、事情はこうだ。不妊治療に協力的ではない瀧田に、孝美が苛立ちと心配から昨日キツい言葉を言ってきた。瀧田はそんな孝美が無神経過ぎると責め返し、言い合いになった。今朝はお互い口をきかないまま仕事に出て、帰宅時間の頃に「当分帰らない」というメッセージがきた。孝美たちのアパートからキタソーまでは車で二時間ほどなので、きっと美南の家にきたのだろうと思って、瀧田が車で迎えに来た。車は近くのコインパーキングに停めてあるらしい。

「どこにいるかは知らないけど、ケンカしたまま迎えに行っても、孝美の性格上折れることはないと思うよ」

美南が食事を作りながら言うと、瀧田は結をあやしながら答えた。

「迎えに行かなきゃ話もできねーじゃん」

「孝美に居所聞いたの？」

「聞いたよ。教えてくんなかった」

瀧田が自分のスマホを見せてくれた。

「どこにとまるの」「まだおこってんの」「帰ってこいよ」「ごめんなさい」「おれのせいです　あやまります　帰ってきてください」。

美南は思わず声を出して笑ってしまった。瀧田の葛藤が時系列に並んで、絵のように見てとれる文面だ。しかも最後には平謝りだ。だが、全てのメッセージに既読がついていない。

「何がおかしーんだよ。漢字間違えてる？」

「いや違う、ごめん、ごめん。でも亮くんの頑張りは分かるけど、訳もなく謝っても孝美はダメだよ」

「訳ならあるだろーが。怒らせたんだからごめんなさいだろ」

「何で怒らせたと思ってるの？」

「俺のせいで子どもができないから」

瀧田は口を尖らせたが、美南は大きくため息をついた。

多分そうではないのだ。

孝美は瀧田との間に子どもができないことはとても残念に思っているが、それを瀧田のせいだと批判的に捉えてはいないだろう。もし子どもができなくても、それはそれでしょうがない。問題はそうではなくて、不妊治療に積極的ではない瀧田が現実から逃げている臆病者のように見えて、それが不甲斐なくて、苛立つのではないだろうか。

「だってあいつ、俺の生活態度のせいだって言うんだよ。そんなこと言ったら俺のダチや親戚、みんな子どもできないはずじゃねー？　俺だって好きで子ども作れないわけじゃねーのによ、あーしろ、こーしろってうるさいしよ」

瀧田は口を尖らせた。この人も傷ついているのだ。孝美に対して罪悪感を抱いているのだ。だからこそ、その孝美に図星を指されて頭に来たのだ。

「亮くん、精液検査はしたんでしょ？　お医者さんには何て言われてるの？　精子がないとか足りないって？　あるけど元気がないって？」

「ねーちゃん、医者だから直球だな」

瀧田は少し恥じらったが、それからゆっくり思いだしながら答えた。

「精子が少ないんだって言ってたな」

「どうして？」

「知らねー」

「身体の調子が悪いとかはない？　陰嚢が痛いとか」

「何それ」

「だからタマが」

「んー、別にないかな」

何の因果で一つ部屋の中、ピンクの髪の毛をした義弟と陰嚢の話をしているのかと思いつつも、瀧田が素直に答えてくれたのは意外だった。見栄を張って「関係ねーだろ」と言うかも知れないと思っていた。

「亮くんさ、精索静脈瘤とかかも知れないから、一度ちゃんと検査してもらってごらん。簡単なすぐ済む検査で分かるから」

「何それ？　病気？」

精索静脈瘤とは精巣から心臓に戻る静脈内の血液が逆流し、精巣の周りに静脈の瘤ができる造精機能障害で、一般男性の一五％、不妊患者の四〇％に見られるほどよくある状態だ。

ちなみに二〇一六年のある調査によると、男性の不妊は精索静脈瘤を含む造精機能障害が八二・四％、精路通過障害が三・九％、性機能障害が一三・五％となっている。要するに、瀧田はこの非常によくある疾病を抱えている可能性があるということだ。

この説明を聞いて、瀧田は顔色を変えた。

「それ、重い病気？　死ぬの、俺？」

だが、美南は微笑して答えた。

「そんな重い病気じゃないよ。手術すれば治る可能性が高い」

この疾病は手術を受けた患者の七割以上に改善が見られ、その後の自然妊娠率が五割にまで達する。保険診療が受けられるから、経済的にもそれほど辛くない。

「子どもできるってこと？」

「うまくいけばね」

すると瀧田は突然顔を輝かせ、カパッと満面の笑みを見せた。

「何だ、じゃ、俺が病院行けばいいんじゃん」

「孝美が前からそう言ってたでしょ？」

「何だ、病院行けば子どもできるのか。おけおけ！」

瀧田は結果だけに納得し、過程はほぼ聞いていないようだった。サッと立ち上がったと思うとスマホを打ちながら、とっとと玄関に向かう。

「ありがと、ねーちゃん。じゃな！」

「え？　帰るの？　もっとゆっくりしていけばいいのに」

「帰る、駐車場代もバカになんねーし。孝美から連絡あったら、アパートで待ってるって言っといて！」

そう言って背中を向けたまま軽く片手を挙げると、瀧田はさっさと出て行ってしまった。

美南はしばし啞然としてドアを見つめた。

「あー」

結がドアを指さしながら、美南を見た。

「行っちゃったね……」

相変わらず、決めたことをすぐ実行に移す人だ。だが自分が検査結果や病気に怯えていることを隠さないところも素直で、医師にとってはいい患者と言えるかも知れない。

ところがその夜は、それでは済まなかった。お風呂も済み、寝かせる直前にのんびり結と遊んでいるところに、今度は孝美がいきなりやってきたのである。

「孝美？　あんた、亮くんさっきここに来たけどアパートに帰るって……」

「知ってる」

孝美は気まずそうだった。要するに仕事が終わって電車で美南の家に向かった孝美よりも、車を飛ばしてきた瀧田の方が先に着いてしまったわけだ。瀧田の説得が終わっているのだから孝美は帰宅してもいいのだが、この時間にここからアパートに帰るのも大変だから、瀧田にちゃんと連絡するのを条件にして泊めてやることにした。

「あいつ、何でお姉ちゃんの話はちゃんと聞くの？」

「そりゃ病気のことだからじゃない？」

「今回だけじゃないよ」

孝美は不貞腐れた。確かに瀧田は美南に割と何でも言ってくれる。以前孝美の学費を景見が貸したことがあったが、その時も瀧田が相談したのは両親ではなく美南だった。もっとも瀧田の両親はもういないし、美穂も知宏もまだそれほど瀧田に親しみを感じていないから、瀧田からすれば孝美のことで話をするのは美南しかいないのだろう。

「まあ、親にはちょっと話しにくいのかも」

「それにしたって……そうだ、理佐さんのこと聞いた？」

「理佐？　黒木？　あ、再婚して苗字変わったんだ……何だっけ」

「また離婚したんだってよ。ダンナが浮気したんだって」

「え？」

黒木理佐は美南の幼馴染である。成人式の時大学が忙しくてろくに準備できなかった美南の代わりに、全部の準備や予約をしてくれた。それからも、時々実家にお惣菜やお菓子のお裾分けを持ってきてくれるような気軽で優しい友人だ。高校を出て働いていたが美南が大学三年の時に結婚し、翌年離婚している。その年の間に理佐の父が倒れてＣＤに運ばれ、たまたま美南と身重（みおも）の理佐が付き添っていたところ、陣痛が来て、そのままCDで出産してしまった。

その時景見が手術した理佐の父はすっかり回復し、今年五歳になる理佐の子の保育園の送り迎えをしていた。だが美穂によると二年前に理佐が再婚して新しい夫と息子と三人で住み始めてからは、寂しさからか、すっかり老けてしまったそうだ。

「理佐は離婚して家に戻ったんだろうから、おじさんはまた孫の世話ができるようになって嬉しいね」

「それがね、理佐さんまたお腹大きいんだって」

「え？　つまりまた身重の時に旦那さんが浮気したってこと？」

「配偶者の妊娠中に不倫する男性って、本当に多いんだよね。構ってもらえないからってよく言うけど、それだけ未熟なんだよ。お腹の子のことで精いっぱいの妻を労（いた）わるでもなく、逆に『構ってもらえない』って何よ？　何歳？」

孝美は口を尖らせた。不妊問題を抱えているせいか、こういう話題には最近特に厳しい反応をする。

「理佐、いい子なのにねえ。一体何がいけないんだろうね。難しいね」

美南は俯いて黙った。理佐はとても家庭的で料理も上手く、気も利く。甲斐甲斐しくカレシや夫に尽（つ）くすし、そういうことが好きらしい。ちょっと考えると男性にとっては理想的な妻に思えるが、なぜか昔から異性との交際は長続きしなかった。

理佐は寂しがり屋で、家でも一人でいるとつまらないとよく言っていた。高校の頃にはできるだけ早く結婚したいとよく言っていたが、今の理佐を考えても、恋愛体質なのかも知れない。そういう理佐の言動は、一人の時間がとても楽しくて大切な美南からしたら全く信じられなかった。

それは今でも変わらない。自分は景見を愛しているし、人生を景見とともに歩みたいと思うが、いつでもどこでも景見といたいわけではない。医師であることをやめて景見にひたすら尽くす人生を送りたいかというと、それには自信がない。だって自分は景見を好きで結を産んだことと同様、医師にもなりたくてなったのだ。

おそらく、景見も美南に尽くして欲しいなどとは望んでいないだろう。普通に一人で身の回りのことができる人だ。それに妻に尽くして欲しいなら、そもそもそういうタイプの女性を好きになったはずだ。きっとそれぞれの人生を満足して歩むのが最良だと思っている。今だって、「一緒にいたいけど、やりたいことがやれる場所が別々ならしょうがない」というスタンスのはずだ。そして結は自分たちのどちらにとっても必要で、大事なものだ。自分たちは何があっても、結を通して繋がっている。

――では、何のために入籍しなければならないのだろう？

「そう言えば、お母さんから聞いた？　ついこの間、お墓閉めようかって相談されたのよ」

孝美がビール缶を呷（あお）りながら言った。

「墓石が古いから、そろそろ新しくしたらどうかってお寺さんに言われたんだって。それで、先祖代々のお墓だと永代使用料とか維持にお金も手間もかかるし、納骨堂とか、もっと簡単で安いのにしようと思うけどどうだ、って」

「えー？　でもあれ、江戸時代からあるお墓じゃない。勿体ないよ」

「だけどお姉ちゃんも結婚したら、安月って名前はなくなるわけじゃん？」

そう言われて美南はビックリした。考えてみれば、孝美はもう入籍して瀧田孝美になっている。これで美南も入籍したら、父にはもう結婚して出て行った姉と妹しかいないから、父の筋で安月の苗字を名乗る人はいなくなるわけだ。まあ、従兄や親戚にはいるはずだが。

あのお墓には、美南の祖母も眠っている。幼い頃、いつも美南を負ぶってくれた。折り紙も草笛も、幼児の遊びは全部祖母に教わった。あの夜、昏倒した祖母を救ってくれたオレンジ色の病院に憧れて、美南は医師になったのだ。医学部の受験を決めた時も、CDに合格した時も、国家試験に合格した時も、お墓参りに行って祖母に伝えた。

――そのお墓がなくなるのか。私が苗字を変えるから。私が安月の家を出て行って、誰も残らなくなるから。

美南は黙ってビール缶の絵柄を眺めていたが、それからふと孝美に言った。

「私さ、入籍しないままでいようかなって考えてるんだけど」

すると孝美は缶を口から離して、大きな丸い目を美南に向けた。

「結婚しないってこと？」

「うん」

「何で？　今私がお墓の話したから？　お姉ちゃんって、そんな古風なこと言う人だった？」

孝美が慌てて缶をテーブルに置いたので、美南は声をあげて笑った。

「違う、違う」

「そう、ならいいけど……まあ、考えてみれば変な話だよね。息子二人なら苗字を持つ家族が増えて、娘二人なら苗字が消滅するって。亮は天涯孤独（てんがいこどく）だから、私は瀧田になって良かったと思ってるけどさ」

「いや、だから名前とかお墓とかのために言ってるんじゃないのよ」

すると孝美は大真面目な顔を、美南にグイっと近づけた。

「先生と何かあったの？」

「何もないよ。前から考えてたんだ。このままが一番いいかなって」

「冷めちゃった？」

「いや、冷めてないよ。何も変わってないってば」

「じゃ、何でそんなこと言いだしたの？　結だっているのに」

「言いだしたっていうか……ねえ、孝美は何で瀧田くんと結婚したの？　もう同棲（どうせい）してたんだから、二人でそのままの形を続けることだってできたわけじゃない？」

美南が尋ねると、孝美の顔が急にパッと赤くなった。

「そりゃ、好きな人と何もかも一緒でいたい、好きな人のものになりたいって思ったからでしょうよ。結婚って、そういうもんじゃないの？」

「そこなんだよね」

可愛らしく女の子の表情になった妹を見ながら、美南はため息をついた。それは、美南も景見と一緒にいたい。だが景見のものになりたいのではない。誰かにくっついたものでいたいとは思わない。

「結はどうなるのよ」

「今までだって、私の苗字で困ったことは一度もないんだよね。別に聞かれないし、実際シングルマザーもいるわけだし。もちろん結に不便が生じたら入籍も考えるけど……」

孝美は美南をジッと見ていたが、それから深呼吸をしてビール缶を持った。

「今は一人でいたいってか。まあ、分かる気もするけどね。お姉ちゃん、卒業してから働きづめだったし、一年もしたら結が生まれて、独りってことがほとんどないから」

今度は美南が大きな目で孝美をジッと見た。孝美の言う通りだ。自分は、独りでいたことがほとんどない。自分が独立して何かの先頭に立ったことがない。

「まあ、色んな要素があるわけか」

孝美に頷きながら、美南は薄らと気持ち良く酔いが回った気がした。

「でも入籍しないと、先生がお姉ちゃんから逃げちゃうことだってあるんだよ。結を認知してるとは言え、恋人と別れるのと基本的には同じなんだから」

「まあね。でも、それは逆も同じでしょ？」

「立場が対等じゃないと言えない発言だね」

孝美は呆れたような、納得したような何とも言えない表情をした。

「だけど、先生は納得する？」

「まあ、そこは多分分かってくれるんじゃないかな。秋頃またアメリカに行くから、その時ゆっくり話そうと思って」

「じゃ、それまでにもっとうまく説明できるようにしとかないとね」

孝美はそう言うと、また缶ビールを呷った。

第二章　二人の初期研修医

1

七月になり、梅雨が終わる頃になると突如として空が青く、明るくなる。今月から初期研修医の村木と優花が外科の研修に入ったので、美南は少し忙しくなった。

キタソーの外来診療受付は一二時で終わるが、午後からは検査や他の患者と会いたくないなど特別な事情を持つ受診者のための予約診療がある。特に美南は今までキタソー唯一の女性医師だったので、女性の患者がわざわざ美南を指名して予約してくることがあった。例えば女性特有の病気や泌尿器、痔などの場合だ。それに加えて午後の病棟回診も五時までに終えなければならないので、手術がなくても美南はかなり忙しい。

予約診療の後病棟に行くために総合待合室の廊下を歩いていると、向こうから何回も後ろを振り向きながら歩いてきた高齢の男性患者が、美南を捕まえて声をかけてきた。

「ああ女先生、ちょうど良かった。あっちで新しい先生と技師さんが言い合いしてるけど、いいのかね、あれ」

「えー？」

美南が驚いて検査室へ走ると、受付カウンターの前で顔を赤くして見るからに怒っている優花が突っ立っている。窓口の向こうでは、松田（まつだ）がPCの画面を睨みつけていた。明らかに臨戦態勢だ。

「石川（いしかわ）先生、何かあった？」

「安月（あづき）先生！　それが、この人が」

優花が松田を指さすと同時に、窓口から松田が顔を出した。

「どうもこうも、こんな無知なお医者さんもいるもんなんですかねえ？　この人、私に血液検査までやれって言うんですよ」

どうやら優花は患者が列をなして並んでいる検査室にズカズカとやってきて、いきなりいつもの言い方で「この患者さん、今すぐ血液検査してください」と松田に言ったらしい。

「今はできませんよ。予約を取ってください」

松田がそう言うと、優花は苛立って「何でですか？　あなた、今何もしてないじゃないですか」と責めた。それで松田が怒りだしたようだ。

「先生さあ、私が臨床検査技師だと思ってたんでしょ？」

松田が見下すように口元を歪（ゆが）めると、優花が口をモゴモゴさせた。おそらくそうなのだろう。松田は放射線技師で、血液検査は臨床検査技師の仕事である。

放射線も血液も、その扱いには特別な資格が要求される。確かに医学部では、数多（あまた）ある医療技師の種類や役割など習わない。だから優花にとっては、どの技師も同じ「検査室の中にいる人」なのだ。美南も松田が放射線技師だということくらいは知っているが、それは経験則で学んだことで、病院経営管理士や細胞検査士といった珍しい職種になると誰がその資格を持っているのか、そしてその仕事内容すらよく知らない。

だがそもそも検査室ではいつも、放射線技師でも誰でもそこにいる人が血液検査を受け付けて臨床検査技師に回している。松田もいつもはそうしているのに、今回は断った。つまりこの技師はわざと優花を困らせているのだ。

美南が優花を諭(さと)そうとすると、優花が我慢できないという風に言い返した。

「じゃ……じゃ、松田さんは医師の仕事をちゃんと分かっているんですか？　例えば弓座(ゆざ)先生と北崎(きたざき)先生、お二人の専門は分かりますか？」

「外科ですよ、もちろん」

「外科の何です？」

食いつくような顔で尋ねる優花に、松田は無表情で答えた。

「弓座先生は呼吸器、北崎先生は消化器ですね」

優花は口ごもった。松田はちゃんと医師の専門を把握していたのだ。美南もこれには驚いた。実は松田は若手に嫌味を言う性格の悪い古株技師などではなく、とてもプロ意識の高い人なのではないか。

「そもそもね、医師の専門はわれわれのとは違うじゃないですか。医師は他の科の患者も診られる、そう教育されてますからね。でも放射線技師は臨床検査技師がやることは習わないし、違法行為になるんでできないんですよ。分かりますかね？」

優花の真っ赤だった顔は青白くなり、俯いたまま目を潤ませ始めた。待合室の患者たちは、松田を若い女性医師に嫌味を言い続ける意地悪な技師だと非難するような表情でこちらを見ている。松田はこの視線を浴びて我に返ったようで、一瞬気まずそうな顔をすると、両手でディスポキャップを直しながら「とにかく！　血液検査は血液検査の担当技師に言ってください！」と捨て台詞を残して検査室に入っていってしまった。

「……何ですかあの人？　何であんなに意地悪なんですか？」

優花は怒鳴りたいところを必死で我慢しているらしく、大きく肩を怒らせた。美南はこんなところで技師とケンカしてもしょうがないと叱りたいところだが、数人の患者が困ったように優花を見ていたこともあって、取り敢えず優花を医局に連れ戻した。

医局に入ると、五十嵐が遅い昼食を食べていた。

「何かあったんスか？」

表情を強張らせた二人が速足で入ってきたので、五十嵐が口いっぱいにご飯を頬張りながら聞いてきた。そこで事情を説明すると、意外な台詞が返ってきた。

「松田さん？　検査室の？　え？　あの人、そんな意地悪するんですか？　いや、ごく普通の人だと思ってましたけど」

「えー？　ウソ！」

美南と優花は、思わず声を揃えて否定してしまった。

「それ、五十嵐先生が意地悪を分かってなかったとかじゃなくて？」

美南と優花は顔を見合わせた。松田は、優花や村木と五十嵐とで違う接し方をしているということだろうか。

「いつも何て言って検査頼んでる？」

「え？　別にフツーっスよ」

「だから何て？」

「『すみませんが、この人のこの検査お願いできますか』って。フツーっスよ」

確かに普通だ。では、なぜ松田は村木と優花には意地悪をするのだろう？

「五十嵐先生って、検査させるのにそんなに腰低く頼むんですか」

「検査させる」。優花が何気なく言ったこの一言で、美南はあることに思い当たった。

「石川先生は何て言って検査依頼した？」

「私も普通ですよ。『この患者さんの血液検査してください』って」

——そうか。

この時ピンときた。要は、頼み方かも知れない。村木も優花も無意識かも知れないが、いつ如何（いか）なる時でも医師が言えばすぐに従わなければいけない部下のように、幾分上から目線で検査技師たちを扱っているような気がする。

考えてみると、美南も松田にほとんど嫌な思いはさせられていない。先日藤波（ふじなみ）の件で無理に検査をお願いした時も、断られはしなかった。一番最初に洗礼を受けてからかなり用心して検査依頼をしているせいか、叱る隙がないのかも知れない。ただ美南は最初のインパクトが強くて、そして村木と優花が困っている話をよく聞くから、松田が意地悪な人だと思っているに過ぎない。

松田は放射線技師の仕事をもう一五年以上もしている。経験に基づいた、それなりのプライドも持っているはずだ。それなのに医師になったばかりの優花は松田が臨床検査技師ではなく放射線技師であることもよく分からないまま、漠然と「検査室の人」という目でしか見ない。しかも中でどんなことをしているのかよく分からないので、相手がどんなに忙しいかも考えず、こちらの都合で検査を頼む。依頼の仕方も雑で自己中心的で、敬語すら使えていない。いつもそれでは松田も頭に来るはずだ。あちらはあちらで、鬱積していることがあったのだ。

美南はこれを優花に説明して、松田のところに謝罪しに行くように言った。

「血液検査してもらわなきゃ困るんだから。頼んでるのはこっちなんだよ」

優花は美南の言うことは不満ながらも受け入れたが、謝罪に行くことに抵抗を感じているようだった。だが、新米のうちはむしろ頭を下げ慣れた方がいい。何しろやってしまう失敗の数が多く、周りにいる全員が自分より経験も知識もあるのだ。

その後、午後の予約診療を続けた。後ろにはもう一人の研修医の村木が立っている。患者は、心臓弁膜症を患う黒岩百合子という六〇代の女性である。これは心臓の弁に障害が起きて、血液の流れが悪くなる病気だ。

「虫歯の治療は終わりました？」

「ええ、もう来なくていいって言われました」

「じゃ、予定通り八月一〇日に入院ってことでいいでしょう」

百合子は元々春に大動脈弁を機械弁に取り換える手術をする予定だったのだが、虫歯があるのでその歯の治療を先にしてもらっていた。

実は、虫歯は心臓弁膜症の主たる発生原因とも言われている。抜歯などの際、血液を介して虫歯菌が体内に入り込むのだ。他にも心内膜炎、肺炎、顎骨骨髄炎（がくこつこつずいえん）など重篤（じゅうとく）になり得る疾病には、虫歯菌が深く関わっている。

「じゃ、入院についての説明を聞いていってくださいね」

美南がそう言って後ろに立つ村木を見遣ったが、村木は平然とそのまま立っている。

「村木先生、黒岩さんを入院受付まで連れてって差しあげてください」

「え？　僕ですか？　ここ、いなくなって大丈夫ですか？」

「大丈夫」

美南は深く頷いた。立って見ているだけの村木がいなくなっても、困ることなどありはしない。逆に何でその質問をしたのか不思議なほどだ。

すると村木は百合子に「じゃ、ついてきてください」と言うとさっさと出て行ってしまい、百合子の目の前で一度扉が閉まった。美南は顔をしかめた。

村木には本来なら「入院についての説明を聞いていってくださいね」と言って美南が村木を見遣ったところで気づき、自ら「こちらです」と案内して欲しい。最初にそうするよう説明しているし、今までも何回もこういう状況があったのだから、そろそろ全部言わなくても流れを察して動いて欲しい。だが、それを村木に求めるのは無理なのだろうか。患者についてこいと言っていながら、扉を押さえて待つこともできないのだから。

美南が考えていることを見透かしたかのように、加恋が後ろから「察しの悪い先生ですよね」と呆れた声を出した。

「私、村木先生とほぼ同年代なんですけど、社会に出たのはずっと早いじゃないですか。だから『最近の学生ってこんななの？』って、ジェネレーション・ギャップみたいなの感じるんですよ」

加恋は診療台を手際良く消毒しながら言った。

「ジェネレーション・ギャップ？　平田さんが？」

「ええ、ありますよ。例えば……そう、安月先生にとっては、当たり前なのかなあ？　村木先生だけじゃなくて、最近の学生って返事しなくありません？」

「返事？　そう？」

「返事とか相槌。入ったばっかりの看護師もそういう感じで、『分かってる？』って聞くと、『分かってるから早く次言えよ』って感じなんです」

「え？　じゃ、分かってない時はどうするの？」

「そういう時には『分からない』って言うんじゃないですか？」

「やだ、私卒業してまだ二年とちょっとしか経ってないのに、もう学生が理解できてないわ」

美南が驚くと、加恋は笑った。

「安月先生、込田さん見舞ってやって」

ある朝のカンファ後、内科の高橋にそう言われた。膵がんで入院中の佐枝子はここ数日腹水が溜まり、下血もあってかなり深刻になっている。美南は一昨日の夕方用事のついでに見舞ったのだが、寝ていたのでそのまま静かに出てきた。

夕方の帰宅直前になって、一〇分ほど時間が空いたので佐枝子を見舞ってみた。すでに意識はなく、鼻カニューレと心電図を点けて寝ていた。

「込田さん」

声をかけても、何の反応もない。美南はバイタルを確認してから、佐枝子の手をそうっと握った。元気だった頃と何ら変わらず、人肌の温かさを感じる。ただ全く動かない。

ふと見ると、綺麗に畳まれた新しい下着が入った皺だらけの紙袋が二つ並んでいる。あの無愛想な夫が、毎日几帳面に持ってきているのだ。

静かに病室を出ながら、美南は何ともやりきれない気分のままでいた。あの時、手術しないと判断したことは正しかったのだろうか。自分は色々調べて、その時の全力で悩み考えて、手術を見送る決断をした。それに弓座も高橋も同意した。

　だがもし美南が手術をしようと言えば、手術しただろうか？　手術をしても助かった可能性はほとんどなかったとは言え、奇跡的な成功もあったのではないか。だがそんなことを言って手術をして、手術中に亡くなってしまったらどうするつもりだった？　いや、それは自己弁護ではないか？

　人は「やらなかった後悔」を持つとどうしようもなく胸がざわつく。思考は堂々巡りを続けるだけで、決して建設的な結論に達しない。

　翌日の夜、景見（かげみ）と電話をした。佐枝子についての迷いを口に出すと、景見はこう言った。

「少なくともオペの中止が寿命を縮めたわけじゃないし、その判断は間違っちゃいないんじゃないか？」

「うん……でもつい、オペで腫瘍を除去できたかも知れないのに、って考えちゃうんだよね」

　美南が首を傾げて情けない顔をすると、景見は「分かるよ。もちろん、オペをすれば奇跡的に成功したかも知れない」と数回大きく頷き、それから身体を乗りだした。

「じゃあ逆に、オペで起きたかも知れないその奇跡が、抗がん剤治療で起きなかったのは何で？」

「え……」

　美南は言葉を詰まらせた。

——奇跡が起きなかった理由？

その反応を見ると、景見は美南の顔を覗きこむようにして、ゆっくりと続けた。

「奇跡だの幸運だのなんて、信頼に足る代物じゃないんだよ。美南や先生方は何年も何十年もの経験を持って検査して、情報を集めて、必死で勉強して、悩んで、悩んで、オペをしないって決めた。それよりも『万が一』や『もしかして』なんてものの方が正しいなんてこと、絶対にあるわけがない」

この自信に満ちた説得を聞いた時、美南の頭のてっぺんにスポーンと穴が空いて、中に籠っていた淀みが一気に吹き飛んでいった気がした。

——「『万が一』や『もしかして』なんてものの方が正しいなんてこと、絶対にあるわけがない」。

美南は大きく目を開いた。景見のこの考え方には、一点の曇りもない。自分たちは医学の現場にいる者として、最善を尽くした。それで助けることができなかったのは残念だが、手術をすれば助かったかも知れないという科学的根拠がない後悔は、不毛な感情論でしかないのだ。

美南はやはり、佐枝子に感情移入し過ぎていたのかも知れない。佐枝子を助けたかったという無念さと、手術をすれば奇跡的に助けることができたかもという夢想が、いつの間にか頭の中で混ざってしまったのだ。

「未熟でした」

これ以上はないというくらい景見の説得が腑(ふ)に落ちた美南は、そう言って景見に頭を下げた。すると景見は少し声を出して笑った。

「まあ、モヤモヤは続くよ。人の命を救えなかったら、誰だってそうだよ」

「医師って辛い職業だねー」

美南が半泣きの掠(かす)れ声で呟くと、景見も「うん」と同意した。

「美南、救急は？」

「え？」

「専門さ」

美南がキョトンとすると、景見が笑った。

「救急、いいんじゃない？」

「えー？　体力的に無理でしょ！」

「そうかな？　瞬発力あるし、いいと思うよ。時間っていう縛りがある分、逆に色々割り切りやすいし」

孝美(たかみ)にも同じことを言われた。そして同じように心が落ち着かなくなった。頭の中に、闇の真ん中にポツンと見える小さなオレンジ色の光が浮かんだ。

「救急ならＣＤが有名だよ。朋欧(ほうおう)医大も消外の見学ついでに見てきたら？」

「うん……」

だが救急科は他の科と違って、日勤と夜勤の二交代制になっている病院が多い。美南には結がいるから、夜勤ができない。現実問題として、勤務が不可能ではないか。

　この点についてては、景見が「ＣＤの救命救急も日勤だけの医師いたよ。その辺も聞いてくれば？」と勧めてきた。もともとＣＤの病院で働いていたのだから、内部には結構詳しい。

「ちょっと考えてみる」

　美南はそう言ってテレビ電話を切った。

　それから間もないある日、外科外来に宮沢拓海という一五歳の男の子が、親と連れだってやってきた。転んでぶつけた腕が大きく腫れているということだったが、拓海は背は小学生並みに低く、しかし誰もが注目するほどの巨漢で、身体の重さのあまり足が湾曲しているほどだった。しかも待合室に座っている数十分の間、隣の母親が鞄から次々と出すおにぎりやスナック菓子を食べ続けているのだ。見ているこちらが腹いっぱいになる気がした。

　この日の外来担当は美南と小池で、この少年は小池の診察室に呼ばれた。しかしあまりにも大きく、まず小さな丸椅子に座ることができない。そこでベッドに座らせようとしたのだが、自力では巨体を支えることができず、後ろにひっくり返ってしまう。それで美南と三人の看護師が集まって、拓海の身体や腕を支えた。

「やーだー、やーだー！」

この少年は病院という慣れないところでの不安もあるのか、声をあげて手を振り回したり暴れたりする。年齢にそぐわないその言動からして、知的障害があるようだ。腕の腫れも赤くも青くもなっていないのに固いことから、どうやら転倒したのではないらしい。ただ親がその腫れに気づいたのがつい最近で、多分ぶつけたと思っただけだろう。

だがそれも無理からぬことだ。拓海は腕を触られるのを嫌がって暴れるし、見た目だけでは患部が肉の間に埋もれてしまって気がつかない。これが例えば悪性軟部腫瘍であれば、その特徴として初めのうちは痛みはなく、かなり大きくなってから気がつくことも珍しくない。

この身体の大きさではCT（コンピュータ断層撮影）やMRIの検査機器に入らないので、まずレントゲンと超音波の検査をした。それで何とか拓海を担架に乗せ、村木と優花が二人がかりで検査室に運んでいる間、小池が美南に呟いた。

「プラダー・ウィリーかな。ちゃんと調べた方がいいんじゃないかな、親御さん知らないみたいだし」

美南はそれに頷いた。プラダー・ウィリー症候群は染色体異常による指定難病で、幼少期から過食が抑えられず、小さな手足、中度の知的障害、学校や職場での適応困難など様々な症状が出る。病気の性質上食事指導を徹底しないと極度の肥満になり、糖尿病など他の病気を誘発してしまう。だが待合室のあの母親の態度を見る限り、母親にその知識も意識もなさそうだ。食べ物を不用意に与え続けないよう、管理栄養士に指導してもらう必要がある。

かなり時間が経ってから、村木と優花が疲れ果てた顔で拓海を連れて戻ってきた。外来はとうの昔に終わり、事務員や技師たちも昼食に出てしまっているので、待合室はガランとしていた。

拓海の母親は苦笑し、研修医たちは完全にキレた表情を浮かべている。みんな汗だくで、拓海は泣きはらした顔だった。どの検査も痛くも痒くもないはずだが、それでもかなり暴れたのだろう。そして拓海を診察室に連れ戻そうとすると、今度はそれも嫌がる。

「やーだー、やーだー！」

「大丈夫、先生と話するだけですから」

呆れることに、母親はそんな時も一歩離れたところからニヤニヤしながら見ているだけだった。美南が「お母さん、お母さんがお子さんを中に入れてあげてください」と声をかけると、やる気なさそうにこう答えてきた。

「いやー、もう重くてね。私の言うことなんか聞かないし」

話をするだけなら小池が外に出てもいいのだが、先ほどの画像検査の結果を見せ、プラダー・ウィリー症候群の方の検査も勧める必要がある。そこで「お話が長くなるので」とまず母親を説得し、母親が「ほら、中に入って先生のお話聞いたらカステラ食べられるよ」とお菓子を見せてからやっと拓海も中に入った。この母親はこうやって、息子が言うことを聞かない度に食べ物をチラつかせてきたのだろう。

診察室の扉は、拓海が怖がるのと母親が立つ空間が欲しいということもあって開けっ放しにしておいた。待合室には他に患者がいなかったので、プライバシーの心配はなかった。

その時待合室にいた村木が、隣の美南にいつものように何気なく言った。

「ひどいですね、あれ。よくあんなになるまで放っておけましたよ。あのお母さん、自分の子がおかしいって分からないんですかね」

美南はこの瞬間全身を強張らせるくらい仰天して、すかさず村木を肘で小突いた。村木は美南の視線から扉が開いていることに気づいて「しまった」というような顔をしたが、

「聞こえてませんよ」と肩を竦めた。だが、おそらく村木の雑言は母親の耳に届いている。

母親は待合室に背を向けたまま、無表情で全く動かなかった。

案の定その後医局でお弁当を食べていると、小池が怒った表情でドスドスと入ってきた。

「宮沢さん、他の病院に行くって。怒って帰っちゃったよ」

「え？　どういうことですか？」

「よく分からないけど、誰か何か酷いこと言った？」

その時医局にいた優花や五十嵐はキョトンとしたが、美南はこれにピンと来た。やはり村木の言葉が聞こえていたのだ。村木は無言で弁当を食べていたが、その顔は強張っている。自分が原因かも知れないとは、薄々感じているらしい。

「何て言って怒ったんですか？」

「子どもの育て方までとやかく言われたくないとか、親子揃ってバカにされたとか。具体

的なことは教えてくれなかったよ。最初は普通だったのに検査の後いきなりおかしくなってたから、村木先生か石川先生、何か言ったんでしょ？」

これに優花が驚いて「何も言ってませんよ！」と反論すると、村木は「いや、言ってません」といつもより控えめに否定した。小池は随分怒っていて、オーベン（指導医）である弓座にこれを報告すると言って去った。美南は何も言わなかったが、困惑顔の優花が少し気の毒に感じられた。

話はこれで終わらなかった。怒る小池の手前弓座は犯人探しをしなければならなくなり、結局村木が母親のことをとやかく言ったことがバレたのである。村木は弓座に酷く怒られた。初期研修医がオーベンに怒られるのはひと昔前ならクビ宣告の一歩手前というほどの大事で、村木にとっては手痛い汚点になる。

村木には、美南も何回も注意した。特にALSの疑いで来院した藤波に病名を断言してしまった時は、口に気をつけろとかなり強く言ったつもりだった。だがあれでも応えなかったところを見ると、もっと強く、もっと頻繁に注意すべきだったのかも知れない。

「いいんですよ、俺別に研修の後ここで働くつもりないですし」

親の病院の跡継ぎが保証されている村木は、そう負け惜しみを吐き捨てた。

2

「安月先生、一一月頃一週間くらい休み取らない？　旦那さんに会いにアメリカにでも行ってきたら？」

七月も終わりの頃、医局で弓座がＰＣを眺めながら言った。

「一週間も取れますか？」

「うん。労基署から文句言われないように、今年中にみんなで順繰りに休み取ってかないといけないからさ」

「取ります！　一週間ですね！」

美南はすかさず返事をした。一週間ならば、往復の時間を考えても五日はアメリカにいられる。今回は美南の研修修了のお祝いをする予定になっているし、これは楽しくなりそうだ。

弓座は頷きながらＰＣのキーを打ち、それから手元の封筒を取りだした。

「あと、消化器外科興味あるんだよね？　お盆の頃に学会あるけど行く？」

弓座が言う学会とは、学会の総会のことだ。日本には医学関連だけで数多の学会があるが、各学会の総会は大体毎年どこかの大学かホールなどを会場にして、数日間に亘って行われる。大学病院で研修をしている友人たちや大学院生は行き慣れているはずだが、美南は学生の時に会場準備の手伝いをしたことがあるくらいで、医師になってからはまだ参加した経験はなかった。

「はい、行ってみたいです！　でも弓座先生、行かないんですか？」

「うーん、僕、集まりが嫌いだからな。いい発表でもあったら行こうかと思ったんだけど、今回は別にないから代わりに行っていいよ。会員にはなってる？　アプリで申し込めるから、自分でやって」

弓座はそう言うと、自分宛に来た案内の封筒を美南に渡した。

——学会か。そういうのから遠ざかってるもんなあ。

夕方の回診前に一一月にアメリカに行くと景見にメッセージを送っておいたら、帰宅前に返事があった。あちらでは真夜中のはずだが、宿直らしい。

「ちょうどその頃出張でロサンゼルスに行ってるから、そっちで会わない？　休み取るよ」

これに美南は驚喜した。ロサンゼルスは行ったことはないが、アメリカで最も有名な都市の一つだ。それに、フライト時間を見る限り日本からはボルチモアよりずっと近くて行きやすい。どんな見どころがあるんだろう？　美南はすぐにスマホでガイドブックを注文した。

その時、高橋が医局の扉を少しだけ開けて中を覗き、悲しそうな表情で声をかけてきた。

「安月先生、今ちょっといい？」

その表情に美南はドキッとした。

「はい、少しなら……」

「込田さん、さきほど亡くなったよ」

息が止まって、心臓が凍りついた。ここ何日か意識が戻らず、排尿もなく、いよいよだということで家族が呼ばれていたとは聞いていたが、遂にその時がきたのだ。

「それで、込田さんは」

「さっき旦那さんと葬儀社の人が来て、ご遺体引き取っていった。安月先生オペ中だったから、声かけられなくて」

美南はそうですか、ありがとうございますと頭を下げた。

佐枝子は可愛らしい患者だった。隣のおばさんのように普通の会話をし、夫のことを愚痴るのだが、「それは酷いですね」と同調すると、すぐに「でもいいところもあるのよ」と夫のフォローに回った。夫の悪口をちょっとストレスのはけ口に使っただけで、他人に悪くは言われたくないのだ。美南にもこの気持ちはよく分かったので、「何だー、込田さん、旦那さんお好きじゃないですか」と冷やかしたりしたものだった。思えば、笑った時の表情が亡くなった祖母に似ていた。

だが景見と話をして以来、美南はもう「あの時手術していれば」とは思わないようにしている。手術していれば、抗がん剤が効いていれば、もっと早く来院していれば、そもそも膵がんになんかならなければ……タラレバを言い始めたらキリがない。もちろん今までもこういうことはあったが、その度にこんな風にモヤモヤしたものを抱えてきた。だがきっと、こういうモヤモヤは抱え続けるものなのだ。抱えていなければいけないのだ。

あの時の判断は間違っていなかった。こんな気持ちのまま次に進むためには、そんな風に毎回の判断にもっと責任と自信を持たなければいけない。それが今の美南に出せる精いっぱいの結論だった。

学会が行われる週末前、美南は結を連れて久々に車で実家へ戻った。事前にCD時代の友人たちに聞いたところ、同期で仲が良かった田中（たなか）が日曜日に参加するということだったので、同じ日の参加を申し込み、待ち合わせることにした。

途中のサービスエリアの休憩所で結を隣に座らせ、美南はスマホの学会専用アプリを開いた。総会では、何か所かで同時に様々な催し（もよお）が行われる。せっかく丸々一日もらったのだから、できるだけ発表やセミナーに参加したい。そう思って事前申し込みが必要なものを探し、やっきになってスマホを弄（いじ）っていた。

――へえ、お弁当も選べるんだ。えーと……え、夜もあるの？

発表、セミナー、シンポジウム、ワークショップ、セッション、そして講演……朝九時からおもに夕方六時まで、二〇以上の会場でギッシリ行事が行われている。自分は何の話を聞きたいのかもよく分かっていない美南は、目移りして困ってしまった。

「あら、ダメよ！」

突然誰かがそう言う声でハッと我に返ると、次の瞬間初老の女性が結の手を叩いた。結は驚いて大泣きし、美南に縋りついた。座っていたはずの結がいつの間にか椅子から降りていたらしいが、美南は何が起きたのか分からない。

「あなたお母さん？　この子、下に落ちてた飴玉（あめだま）を口に入れようとしてたわよ。ほら、これ！」

その女性は床から白っぽい小さな玉を摘まみ上げると、美南の目の前に翳した。

「あ、すみません！　ありがとうございます」

美南が泣きじゃくる結を抱きかかえながら慌ててそう言うと、女性はその白い玉を自分のゴミが入れてあるらしきレジ袋に投げるように捨てた。

「喉に詰まらせたらどうするの？　第一、床のものなんて汚いじゃないの！　ゲームばっかりやってないで、ちゃんと子ども見てなきゃ！　全く、近頃の若いお母さんは」

女性は呆れ顔で美南を睨みつけながら、通路を隔てた隣の座席へ戻った。どうやらその女性は隣でずっと結を見ていたら、不意に何かを拾って口に入れようとしたので叱ったらしい。

「結、ごめん。ママちょっと見てなかった。おばちゃんにありがとうしよう」

そう言って泣き続ける結を抱えたままもう一度女性に頭を下げると、女性は非難めいた視線を美南に向けて軽く頷いた。

――いけない、いけない。つい自分のことに夢中になっちゃって。

美南はスマホを鞄に入れながら、もしこの女性がいなかったらと思ってぞっとした。自分は小さな結から、一瞬でも注意をそらしてはいけないのだ。この子の命を守るのは、自分しかいないのだ。

それから実家に戻った。久しぶりの家は随分と物が片付いていて、ガランと広く感じられる。かつて美南と孝美が一緒に使っていた子ども部屋も今は客間になって、壁紙や家具が一新されていた。

「美南も孝美も家を出たからね。要らないものは捨てて、整理してんの」

「ベランダも野菜を増やしたんだ。結、この葉っぱ採ってみるか？」

両親はそれなりに楽しそうだったが、老後への準備に入っているように見えたのが少し寂しかった。だが、二人ともそういう歳なのだ。むしろ父の知宏がこの歳まで生き永らえていることを、もっと喜んでもいいくらいだ。

その日の夕方、美南は景見と入籍しないかも知れないという話を二人にした。意外なことに、母の美穂はこれを聞いてもケロッとしていた。

「先生がいいっていうなら、いいんじゃない？　別に経済的に依存してるわけじゃないんだし、夫婦別姓だってそのうち法律上も認められるかも知れないんだし」

父の知宏も二人がそれでいいなら親がどうこう言うことではないとは言ったが、景見のことを気にしていた。

「もしそうなったら、先生は書類上は子どももいなくて独り身ってことだからな。寂しい思いをさせないように気をつけろよ」

美南はうん、と深く頷いた。

「そう言えば、来年からはどうするか決めたのか？　専門研修とやらはどうした？」

「あー、色々調べてる。ＣＤか朋欧医科大がいいと思ってるんだけどー……」

「『けど』？　何か気になることでもあるの？」

「今キタソーに朋欧の消外から派遣されてきてる先生がいてね。その先生は腕が良くて、だからその先生の下で勉強したいなと思ったんだけど、どうも私とあんまり相性がよくないみたいで」

美南が急にしょぼくれたのを見て、美穂が笑った。

「相性がよくない人なんか、今までに何回も会ってきたでしょうが。それとも何、嫌がらせでもされるの？」

「いや、そういうことはない」

「じゃ、普通にしてりゃ時が解決してくれるわよ。よく知らないうちからの好き嫌いなんて、アテになんかならないんだから」

美穂が急須に湯を注いだ。美南は、透き通った湯が夕日を反射してキラキラと光るのをボーッと眺めた。

「そうかなあ……」

「そうよ。あんた、よく知られてから改めて嫌われるような人間じゃないでしょ？　そんな風には育ててないわよ」

美穂の堂々とした返答に、美南も知宏も笑ってしまった。

正直なところ、美南には根本的なところが分かっていない。美南には北崎に嫌がられるような問題点が本当にあるのか？　それとも北崎が、単に幼稚な好き嫌いで自分に強く当たっているだけなのか？

知宏が茶を啜りながら尋ねた。

「朋欧医科大に行った友達がいただろう？　何だっけ、去年一緒だった」

「ああ、絵面先生？」

「その友達に聞いてみたらどうだ？　その先生が朋欧ではどんな評判なのか」

「そうだね。絵面先生に連絡取りたかったところだし、ちょうどいいかも。でも、分かるかな？　科が違うし、大きな病院だから」

絵面慎之介は、昨年までの二年間キタソーで美南と初期研修をした同期だ。日光の開業医の跡継ぎで、色白で少しプヨッとしていて、朗らかで穏やかな人柄だった。今年から朋欧医科大の内科で専門研修を受けている。サブスペは消化器内科だ。消化器外科とは関わりも深いから、北崎について何か聞いたことがあるかも知れない。美南は早速絵面にメッセージを打った。


小雨の日曜日、学会の会場になった都内の大学キャンパスには、全国からやってきたたくさんのスーツ姿の医師が集まっていた。

「安月さん！　いや、安月先生！　久しぶり」

「田中くん……先生！　元気？」

田中は大学時代に景見に憧れて心臓血管外科を目指し、現在もＣＤの大学病院で外科の専門研修を受けている。今でも心臓血管外科には興味があるのだが、元ラグビー部だけあって長時間の手術に必要な体力はあるものの、昔から指先が太くあまり器用ではない。そのため手術手技に自信を失くし、内科への変更を考えているそうだ。

「内科？　だって、もう外科の専門研修始めちゃってるんでしょ？　やり直すの？」

「やり直したって、たった一年遅れるだけじゃん。安月さんだってまだ始めてないんだから、一緒だろ？」

「まあそうか……ＣＤのみんなは元気？」

「うん。あ、そうだ、帯刀のこと聞いた？」

「進学したとは聞いた。脳内だっけ？」

「そう聞いてたでしょ？　でも違うんだよ」

田中はニヤリと笑うと、大ニュースを披露するように頰を赤らめ、目を大きく見開いて教えてくれた。

「実はあいつ、ＣＤに戻ってきてるの！」

「え？　何で？」

以前翔子が、帯刀は超有名私立大学の病院で初期研修を受けており、脳神経内科の研究のため大学院に進んだと言っていた。だがそれはどこかから出た根も葉もない噂で、実はＣＤに戻ってきて、眼科のレジデントとして専門研修を受け始めているそうなのだ。

「眼科……専門研修？　進学しなかったの？」

田中は興奮した顔で深く頷いた。眼科は、帯刀が大学に入学した当時から一貫して希望し続けてきた科だ。ある意味研究分野ではもっとも日の目を見ない専門の一つである。だが帯刀はそんなことはお構いなく、周りの期待にも圧力にも振り回されず、自分がしたいことを今も貫いているのだ。

「俺も病院で帯刀に会ってさ、もうめっちゃビックリして、つい大声で『ここで何やってんの？』って聞いちゃったの。そしたらあいつ、いつもの素っ頓狂（すっとんきょう）な顔で『え？　何で？　ダメ？』だって！」

田中はそう言いながら、嬉しそうに笑いだした。

「すごいね、帯刀くん。さすが……！」

美南は感動した。学生時代からいつも変わり者で、運動と虫が苦手だった猫背の帯刀は、今でも美南にとって強い意志と実力を持つ同期のヒーローだ。

それからシンポジウムの会場に入った。田中は昼にはCDの医局の先生方と待ち合わせているので、あまり時間がない。そこで二人とも出たかったビデオシンポジウムを揃って観覧することにしたのだが、暗い中長々と映像を見せられているうちに、二人揃って寝てしまった。

「やべえ！　まるまる寝ちゃった」

「私も最初のタイトルが出てた頃は記憶にあるんだけど……」

一時間後、二人は肩を竦めてすごすご部屋から出てきた。

それから雨避けも兼ねて、一般発表が行われている小講堂に入った。美南たちと入れ替わりに、数人が出て行く。休憩時間かと思ったが、前では大学院生が一生懸命に話している。

二人は一番後ろに座ってその学生を見ていたが、初めてらしく可哀想なくらい緊張していて、あまりにも色々な失敗をするものだから、美南はどんどん同情してしまった。

まず声が小さくて早口なので、何を言っているのかよく分からない。作ってきたファイルが開けない。しばしば自分で自分のパワーポイントを見失っている。原稿をどこまで読んだか分からなくなっている。会場では失笑が漏れ、呆れてさっさと講堂を出て行く人が続いた。

そして極めつきは、質疑応答の時間だ。何も質問が出ないのである。美南も発表者が何を言っているかよく分からなかったが、せめて同じ研究室の誰かか指導教員がサクラにでもなって、発表者が答えられる質問をしてやればいいのに、と思った。

「どなたか、ご質問ありませんか」

司会者の声の後も静まり返ったままの講堂で、気絶しそうなくらい緊張とショックに襲われている発表者を見て、美南は思わず同情で口を押さえた。

「誰か何か聞いてやってくれって、ずっと祈ってたよ」

発表が終わって講堂がザワザワとしている中、田中が胸を押さえた。

「田中くんが質問してやれば良かったのに」

「無理だよ、何発表してんのかも分からないのに。安月さんこそ」

「田中くんが分からないのに、何で私が分かると思うのよ」

次の発表では、発表者である学生が質問に答えられなかった。美南も質問内容自体がよく分からなかったが、困惑していた学生に代わって指導教員がマイクを持って答えた。これが普通だ。

ところが質問者がまた新たな質問をして、あっという間に指導教員と質問者との間で発表者そっちのけの討論が始まってしまった。討論の内容自体は面白くて聞きごたえもあったのだが、壇上で背中を丸めて小さくなっている静かな発表者を見て心が痛んだ。どの発表を見ても、うまくやっている学生などいない。みんな多かれ少なかれ、失敗をしている。こうやってみんなタフになっていくのだ。

「もうヤだよ、俺ー……人の発表見てこんなに心が痛むなんて」

一般発表の後泣きそうな顔でそんなことを言っていた田中とは、また会う約束をしてそこで別れた。

その後は一人で招待講演と大腸、肝臓、膵臓の一般発表を少しずつ聞き、腹腔鏡手術に関するワークショップに出て、何人かの医師とも話して名刺をもらい、それなりに総会を楽しんだ。

――こんなに学術的な雰囲気にどっぷりと、しかも時間を気にすることなく浸かることができる機会なんて、何年振りだろう。やはり消化器外科は面白い。

ワークショップが終わった後の名刺交換後、ふと視線の先に小柄で日に焼けた白髪の男性がニコニコと立っていた。美南に話しかけたいようだが、美南の知らない人だ。

「今小耳に挟んだんですが、栃木の北関東相互病院の方ですか？」

「はい、そうですが」

感じのいい人だが、やはり会った記憶がない。キタソー関係の人だろうか。

美南が怪訝そうにしていると、男性は丁寧に頭を下げ、名刺を差しだした。

「私、国際医療協力倶楽部の柳沢といいます」

「国際医療……？」

聞いたことのない団体だ。首をひねる美南に、柳沢は穏やかな口調で説明を続けた。

「おもに途上国の医療衛生を支援する機関です。現在アフリカのガボンに滞在している医師が、確か昨年まで北関東相互病院にいたと記憶しているもので」

ここまで聞いてから、美南の顔がパアッと明るくなった。国際医療協力倶楽部というのは、キタソーで美南の二年先輩だった朝比奈弘斗をアフリカに派遣した組織なのだ。

「朝比奈先生の！」

「そうです、そうです」

柳沢も嬉しそうに近づいてきた。

「朝比奈先生、お元気ですか？」

「ええ、とても。写真ご覧になりますか？」

柳沢は手に持つｉＰａｄを指で操作し、見せてくれた。そこにはガボンの人たちや子どもたちと一緒に、楽しそうにVサインを出している朝比奈が何枚も映っていた。思ったよりも日に焼けていないし髭も髪もきちんと刈ってあって、キタソーにいた頃とほとんど変わらない。相変わらず、教科書のイラストのような歯並びだ。朝比奈の大らかな笑い声が聞こえた気がして、懐かしさが込みあげてきた。

「うわー、朝比奈先生だ……元気そうですね」

「彼、あんな気性なのに日焼けを気にするんですよ。いつも外に行く時は帽子を被ってマスクやサングラスをして、みんなに『アレルギーでもあるのか』って心配されてました」

老紳士は声をあげて笑った。

美南の胸が思わず熱くなった。男気があって、頼りになる明るい人だった。どこか景見に似た雰囲気を持っていて、いつも味方になってくれた。

「ガボンは産油国なんで、アフリカでも豊かな方でしてね。首都のリーブルヴィルなんか、なかなかの都市なんですよ。治安もそれほど悪くないし」

柳沢は、写真を見る美南の脇でそう教えてくれた。

「意外と緑が多いところなんですね」

「国土の八割以上が森林です。雨季はよく雨も降りますし。気温はまあ二五～三〇度くらいって感じですかね。ただ感染症がすごいんですよ。私も二年いましたけど、コレラ、赤痢、腸チフス、それからマラリア、デング熱、エイズ、エボラ出血熱、狂犬病……オンパレードですわ。脱水症や熱中症なんか日常茶飯事ですし。それにね、意外に交通事故も多いんですよ。交通法もインフラもまだまだなのに、自動車は多いから」

「それはすごい……そこに二年もいらしたんですか！」

美南は柳沢をまじまじと見た。小さくてニコニコしたこの老人が、いつの話かは知らないが、外国の慣れない環境の中で二年も医療活動をしてきたのか。人は見かけによらないものだ。

「隣のコンゴなんかに比べると、それでも医療の事情は遥かにいいんですけどね。朝比奈先生は外科の手術手技が上手いので、重宝されているようですわ」

「じゃ、まだ帰ってきませんね」

「まだ帰国の要望はありません」

美南はそれからも少し柳沢と話してから、懇親会の場を出た。外は暗くなっていて、夏のベタベタした雨と湿気が腕や足にまとわりついた。

——朝比奈先生、元気そうだなあ。あの綺麗に揃った歯、大事に磨いてるかな。

実家で結を引き取りアパートへの帰途、車を運転しながらこれからのことを考えた。朝比奈は医療が十分に整っていないところに行って自分が持つ外科的能力を生かす一方、日本ではあまりない感染症の治療などの珍しい経験を積んでいる。景見も心臓血管外科の分野で腕を買われ、アメリカで働きながら日本では得難い体験をしている。帯刀は周囲に一目置かれるほどのずば抜けた能力を以て、迷わずに自分の定めた方向へ進んでいる。

では、自分は？　自分は何を得て、どこに進んでいる？

もちろん、美南はまだ医師になって三年に満たない。その割にキタソーでは多くの患者を診るし、執刀数も大学病院で研修するよりずっと多い。だから、治療経験は少なくないはずだ。ただ明白な目的意識や具体的な目標を持っていないせいか、きちんと何かを積み立てている気がしない。いうなれば、経験が散らかっているのである。それに今年は同級生だった医師たちはほとんど専門研修を始めている中、自分はまだ昨年の線路の上をもう一回走っているだけのような気もする。

キタソーに三年いなければならないのは知っていた。ならば、ちゃんと準備しておけばその三年目をもう少し有意義に過ごせたのではないか？　……有意義って、例えばどういう風に？

――「やめた方がいいよ。オペ向いてない」。

北崎の突き放したような口ぶりと、冷徹な視線が頭を過った。その瞬間、胸の奥底に熱いものが蠢いた。

違うのだ。美南が医師になりたかったのは、自分が医師に向いていると思ったからではないのだ。ガラガラに空いた真夜中の高速道路を走りながら、美南は顔をしかめた。左手に駆け抜けるオレンジ色の道路照明灯が、小高い丘の上のサービスエリアを照らしている。

――そう、あれ、あれ。

祖母が倒れたあの日、自分がオレンジ色の病院を見て心から安心したあの夜。あれ以来、ずっと自分はオレンジ色の病院そのものになりたかった。暖かい、救いの手を差し伸べてくれる場所。

そのために、技術が欲しい。だから専門医になる。別に急ぐことではない。向いていないなら、自分にできる最大限のことができるようになりたい。

患者さんが第一。上級医に褒められるような腕になるのも、研修医に上手く教えられるようになるのも、きちんと患者さんに相対することができる医師になった時に手に入る副産物。そこは間違っていないはずだ。

――人の言葉だけで凹むな。

アパート前の駐車場に車を停め、後部座席で爆睡する結を抱えて車から出すと、美南は満天の星を見あげた。

患者が少なく静かなお盆休みの頃、午前中の外来診療を終えて医局に戻ると、色白で小太りの可愛らしい青年が戸脇（とわき）や高橋と楽しそうに話していた。

「えっ……あー！　絵面先生だ！」

「うわー、安月先生、久しぶり！　変わらないね！」

美南はその青年と大声で声をかけ合い、肩をバンと強く叩いた。ここキタソーで初期研修医の二年間を一緒に過ごした、絵面慎之介である。今年から専門研修を受けるために朋欧医科大に移ったばかりだ。

「休暇取れて実家に帰ったんだけど、することなくて。だったらたまには古巣に顔出そうと思ってさ」

絵面は人の良さそうな笑みを満面に浮かべて、日光名物のカステラを差しだした。

「今年は、キタソーにも朋欧から先生に来てもらってるんだよ」

戸脇が言うと、絵面は「ああ、二外（第二外科）の北崎先生ですね？」と頷いた。

「おお、知ってたか。さすが、有名だな」

「僕はちゃんとお会いしたこともないし、よく存じあげないんですけど、優秀な先生らしいですよ。二外の先輩が言ってました、オペが速いって」

以前美南が北崎の評判を聞いたこともあって、絵面は気を利かせて美南の方を向いて説明してくれた。

美南がドタバタしている間絵面は戸脇や高橋とずっと話していたが、そろそろ帰るというので美南は玄関まで見送りながら話をした。

「専門研修どう？」

「内容的には、今までとそんなにやってることは違わないかな。決定的に違うのは、大学病院ってものすごく珍しい難病患者が集まってくるから、常に専門書と首っ引きってこと。それに大きいから、カンファも回診も勉強会も抄読会（しょうどくかい）も、人数が多くて忙しい。でも消内の医局は雰囲気いいよ。そうそう、子育て中の先生もいる。今度その先生から話を聞いてみるといいよ」

絵面は興奮しているのか、時間がない中であれこれ伝えようと慌てたのか、一気にしゃべった。美南はこれを聞いて朋欧医科大にもっと興味を持った。

「ホント？　それはいいこと聞いた！　今度見学に行ってみようかな」

「うん、連絡してくれれば僕からも事務部にお願いしておくよ」

「それから、あの、救急ってどうなのかな？　何か知ってる？」

美南が少し言いにくそうに尋ねると、絵面は目を丸くした。

「救急？　安月先生、そっちも考えてるの？」

「いや、ちょっと調べてみようかなって」

すると絵面は面白いものでも見たかのように顔を緩め、「あははあ」と妙な含み笑いをした。

「何よ」

「いや、安月先生、いいかも」

「何よそれ」

美南が口を尖らせると、絵面は「ごめんごめん、何かその場面が頭に浮かんで」とニヤニヤした。スクラブを着た美南が、汗だくで走り回っている姿でも想像したのだろう。

「朋欧医科大の救命救急センターには、ドクターヘリもＤＭＡＴ（災害派遣医療チーム）もあるよ」

　ドクターヘリ、ＤＭＡＴ。その名前だけで美南は怯（ひる）んだ。三次救急病院の救命救急科はいつも異常に忙しそうで、異常に大変そうだ。興味があるなどとお気軽に入って、やっていけるところではないかも知れない。

「でも私は小さい子もいるし難しいかな」

ところが絵面は、これに「そんなこともないでしょ」と答えた。

「病院にもよるだろうけど、育児中は日勤だけでもいいんじゃない？　そしたらうちの救命救急は勤務時間がきっぱりと二交代制だし、働き方改革で長時間労働にはかなりうるさくなってるから、ちゃんと決まった時間に帰れると思うな。そう言えば、年配の女性の先生もいるなあ」

「そうなの？」

この話を聞いて、美南は目を輝かせた。それから絵面は少し口元を緩めた。

「僕はもしかしたら、来年以降の研修でキタソーに少し来ることになるかも知れないんだ」

朋欧医科大はここから車で一時間と少し。キタソーからすれば赤十字病院の次にお世話になっている大型病院だ。そのためキタソーは、来年から朋欧医科大の専門研修の提携病院になる予定だそうだ。

「そうなの？　ここに？　高橋先生、喜んだでしょ！」

「僕も嬉しい。懐かしいんだもん」

美南が声を弾ませると、絵面は頬を赤くしてニッコリ笑った。朝比奈は絵面を「金太郎」と呼んでいたが、この笑顔はまさにおかっぱ頭で赤い腹掛けをした、金太郎を思い起こさせる。あれは絶妙のネーミングだった。

「大学病院は大きくて、刺激も多いんだけどさ。やっぱ、時々キタソーが恋しくなるんだ。会議みたいなカンファとか、回診の時大勢の先生方の後ろの方を歩いてる時とか……患者さんとの距離も違うし。しょうがないんだけどね、サイズも違うし、病院としての役割も違うから」

　絵面は少し寂しそうに言った。その後近い内に朋欧医科大に見学の予約を入れる約束をして、二人は駐車場前で別れた。

　その日の午後、美南は久しぶりに整形外科部長の山田省吾の助手に入った。整形外科は力仕事が多いので五十嵐が助手をするのが普通だが、この日は右膝の前十字靭帯を損傷した三〇代男性患者の靭帯再建術という、時間が短く力もそれほどいらない手術だった。

「これが移植腱ね。自家組織を人工繊維材料と組み合わせて加工したもの」

　山田は移植する人工腱を美南に見せた。パッと見、伸びたゴムのようだ。手術は関節鏡という先の細長いドリルのような機材を使って患者の大腿骨と脛骨に穴を空け、この腱を通して二つの骨をつなぐのである。

　整形外科の手術は、しばしばDIYに近い。ドリルやハンマー、のこぎりやステープラー（ホッチキス）、バールにペンチ……どれも身近な工具を医療用に改良してあるものだ。

　だが美南はDIYに縁がなく、父の知宏も工具を弄る人ではなかったので、理屈は分かっていても使い慣れていない。

――そう言えば、亮くんどうしたかな。

工具を手にしながら、元鳶職見習いで今は建設現場で働いている瀧田のことを思いだした。あれから病院に行ったのだろうか。

「ハサミちょうだい。あ、それじゃなくてメイヨー」

「はい」

先端に丸みのあるクーパーと呼ばれるハサミを差しだしたオペ看（手術室専属の看護師）が、山田にそう言われて先端が細めのメイヨーを渡し直した。この看護師は今まで山田の助手につくことがほとんどなかったので、山田が器材について好むクセを知らないのだ。

それを見ていた美南は、北崎の手術を思いだした。そう言えば北崎は、こういうことにものすごく厳しかった。自分は術部を凝視していて何の指示もしないのに、自分が望むことをこちらがしていないと顔をしかめた。

「山田先生、オペに向いてる医師が持ってる資質って何ですか？」

「え？　何、いきなり？」

「いえ、ふと思ったんですが」

山田は数秒ほど無言でいたが、それから手術を続けながら呟くように言った。

「イメージできること、じゃない？」

「イメージ？」

「オペの流れを、これをこうしたら次にああしてって頭の中で大体イメージできる医師って、応用も利くし強いよね」

美南はうーん、と唸って鼻で深呼吸をした。要するに、治療の流れを俯瞰(ふかん)できる医師ということか。

――あの時の私、流れを俯瞰できてなかったかなあ？　確かにドタバタしてたからそれほど丁寧にではなかったけど、手術の手順は事前にちゃんとおさらいしておいたし、分かってなかったってことなかったと思うけどなあ。

「違った？」

「ああ、いいえ、そうかと思って。以前ちょっと私の至らないところを指摘して頂いたんで、色々考えてるんです。オペに必要なのは手先が器用なのと、集中力があることと、それからオペの流れをイメージできることと……」

美南が口の中でモゴモゴ言うと、山田は「ふーん」と気のない返事をした。この医師は年齢的にはそれほど若くないが、筋トレマニアなので肩から二の腕にかけての筋肉の大きさがジムのトレーナー並みだ。

「でもさあ、集中力って言っても、脳外（脳神経外科）のオペとか普通に一〇時間超えるでしょ。ずーっと集中してるなんてあり得なくない？　もう一回メイヨー取って」

「はい。まあ、そうですね」

「それ言ったの、北崎先生でしょ？」

突然の山田の正答に、美南はビックリして唾を飲み込みながら「え、あ、う……」と狼狽丸出しの返事をしてしまった。山田はそれを笑うこともなく、手術を続けた。

「あの先生、すっごく手元に集中するタイプだって聞いたよ。だから、助手に代わりに周りを見てて欲しいんじゃない？」

「ああ……なるほど」

「自分の手足として役に立たないのはダメ、みたいなさ。なかなか厳しい性格してるように見えるよ」

確かに北崎は、穴が空くかと思うくらい目を見開いて手元を凝視するタイプだ。だから、自分が見ていないところを助手としてカバーするくらいの能力がないと、オペをする外科医としてダメだということなのだろうか。

美南は眉をひそめた。そうだろうか？　気が利かなかったとか、自分の望む通りに動かなかったなんて理由で、向いてないなんて言われるものだろうか。

美南が難しい顔をしたのを見越したかのように、山田がチラリと美南を見遣った。

「向いてる、向いてないの定義って、人によって結構違うと思うよ。例えば外科は器用じゃなきゃダメだって言う人が多いけど、俺は別にそんなに器用じゃなくても、経験で補えるんじゃないかと思う。最近は器具も進歩してるしさ。例えば弓座先生なら、外科医に向いているのは『手術手技が好きな人』って言うんじゃないかな」

「あはは、ぜーったいそう言う！」

若桝がモニターから目を離して、笑いながら大声で同意した。美南も一緒になって笑った。

向いている、向いていないの定義は人によって違う。では北崎は、どういう医師がオペに向いていると考えてあんなことを言ったのだろう。自分は、どういう医師がオペに向いていると思うんだろう？

３

外来診療に来る学生やその親たちが夏休みの宿題の話を始めると、八月も終わりに近い。二人の息子を持つ内科看護主任の朋美も、お昼ご飯を食べながら夏休み最後の日の惨状を語っていた。

「いっつも八月三一日の夜が地獄なのよ！　私は家庭科、ダンナは美術とか自由研究。じいちゃんとばあちゃんなんか、読書感想文のために今から本を読み始めてんのよ。じいちゃんが長男、ばあちゃんが次男の課題本」

「それで本人たちは？」

「数学とか英語とかの宿題で必死よ、もう。友達同士SNSで解答回してはいるんだけど、途中式とか全く同じで完璧にできてるとおかしいと思われるでしょ？　普段そんなにできないからさ。だから、わざわざ間違えるとこズラす相談までしてるわよ」

休憩室にいた数人の看護師たちと美南が、これを聞いて大笑いをした。

美南も八月二九日頃になると、カレンダーを見て大慌てで宿題を始めるクチだった。その頃になってやっとまず宿題の全貌を把握して、優先順位をつけるのだ。九月一日ではなく最初の授業で提出する宿題や、期日に提出しなくてもどうにかなりそうな先生の宿題は後回しにしたものだった。

「先生、笑いごとじゃないわよ。そのうち結ちゃんの宿題やるのよ。あと五年やそこら、あっという間だから！」

朋美が美南の背中を叩きながら笑うと、そこにいたみんなが一斉に同意した。結が小学生になって宿題を持ってくるなんて、ちょっと想像できない。スラスラと言葉を話す姿でさえ考えられないのに。

午後の外来診療のために診察室に入ると、突然隣の診察室から優花の苛立った大声が聞こえた。

「室さん、聞いてるんですか？　ちゃんと返事してくれないと困ります！」

それから、小池が「まあまあ」と優花を窘めようとする小声が聞こえる。美南は加恋と顔を見合わせ、そうっと耳を欹てた。

優花は外来患者の何人かを担当として受けもっているのだが、その中の室という初老の男性が、ほとんど口をきかないらしい。室は近々痔瘻の日帰り手術をする予定だった。

優花の少しヒステリックになった高い声が響く。

「どうなんですか、痛みは？」

「ああ」

「痛いんですね？　どのくらい痛いんですか？　一〇のうちのいくつくらいですか？」

「知らねえよ、そんなの」

医療機関では、痛みを一〇段階で表現することがよくある。〇（ゼロ）が「痛みがない」、一〇は「想像できる最大の痛みがある」だ。他に一〇〇段階で言ったり、顔のイラストがあってニッコリしていたら〇、顔をしかめて泣いていたら五という表現方法などもある。優花はガイドラインに従って教科書通りの質問をしているのだが、室はこのやり方に慣れていない。そもそも「想像できる最大の痛み」と言われても、それがどのくらいなのかなかなか分からないものだ。

「ともかく！　いいですか、室さんは肛門（こうもん）周辺の膿瘍（のうよう）が潰れて、肛門管やその周囲の皮膚に瘻管があるんだって説明しましたよね？　しかもその瘻管が貫通して、二次口ができてしまっているんです。ですから感染症を避けるため切除して……室さん、どこに行くんですか！」

「何言ってんのか分かんねえ。とにかく手術の日に来りゃいいんだべ」

「話は終わっていません！」

一つ仕切りを隔てた隣の部屋で聞きながら、美南はハラハラした。優花の説明は難しすぎる。そしてきちんと説明しなければと思うあまり、言い方もきつくなっている。だが返事もろくにせず、話の途中で立ちあがって去ろうとする室も室だ。

「説明を理解してこの同意書に署名して頂かないと、入院も手術もできませんよ！」

美南は我慢できなくなって、さり気なさを装いながら診察室を出て待合室に先回りし、診察室から出てきた室を引き留めた。

「室さん、もう一度分かりやすく説明しましょうか」

小池も診察室から慌てて顔を出した。だが室は、逃げるように立ち去ろうとする。

「話なら何度も聞いてんだ。もういい」

「そうですか。じゃ、同意書に名前だけ書いてもらっていいですか」

美南は笑顔を作りながら、何とか室をもう一度診察室にぐいぐいと押し戻した。優花は部屋の奥で、ずっと口をへの字にしたまま立っている。

「室さん、最初はちゃんと口きいてたんですよ」

同意書に署名し終わった室が出て行ってすぐ、優花が誰にともなくそう言った。

「なのにどんどんへそを曲げていくんです。オペしなきゃいけないのは私のせいじゃないのに、まるで私に八つ当たってるみたいに」

優花はすぐ「〇〇のせい」という。責任の所在が自分にないことをアピールしたいのだろうが、誰も責めていないうちからこういう先手を打つのは、却って見苦しい。だがどうやら優花も必死に対処しようとしていたのに、室が訳の分からない振る舞いをし始めたのでパニックになってしまったようだった。

何だか奇妙な話だ。室は優花の何に、頭に来ていたのだろう。優花は最後にはケンカ腰になってしまってはいたが、村木と違って最初から失礼な口のきき方はしない。先日の加恋との会話ではないが、返事もきちんとできる人だ。口のきき方が強過ぎたのだろうか。それとも、何らかの理由で室が最初から優花を嫌っていたのだろうか。

「オペの前に、もう一度ゆっくり話してみよう。室さんが入院してからも石川先生が担当医なんだから、険悪なままじゃマズいよ」

「何がそんなに気に入らないんでしょうか」

不満そうに口を窄めた優花の目は、少し赤くなっていた。

医師は何も悪いことをしていないのに、自分が医師にイラつくとしたらどういう時だろう。多分そういう場合は、診察室に入った時から既に機嫌は悪いはずだ。でも病院に全然関係ないところで嫌なことがあっても、医師に八つ当たろうなんて普通は考えない。ということは、病院が嫌いなのだろうか。病院に来るのが嫌なのだろうか。その理由は……

「室さんさ、怖いのかな」

美南がふと口に出すと、優花は「は？」と不思議そうに聞き返した。だが美南はそう言ってから、次々と思い当たった。

そもそも医師の話を最後まで聞く必要がありながら聞かないのは、自発的に病院にやってきた一人の大人の行動としておかしい。話を聞きたくない理由があるはずだ。話の内容自体を聞きたくないのではないか。

では、なぜ聞きたくないのか？　その内容が自分にとって好ましいものではないから、受け入れる準備ができていないから、ショックを受けたくないから——室の場合、多分手術が怖いから。

患者さんやご家族の中には、手術の説明を聞くのすら嫌がる人もいる。たとえそれが痔だろうが小さい裂傷の縫合だろうが、今まで手術というものをしたことがない人、逆に手術に嫌な思い出を持つ人、想像力が豊かな人などにとって、手術は怖いものだ。

「大人だから、逆になかなか素直に手術が怖いとは言えないこともあるかも」

「うーん……」

優花も曖昧な返事の割に、珍しくはっきりと納得したような顔をして頷いた。まだ経験も浅く生真面目なこの医師は、自分が個人的に嫌われているとばかり思い込んでいたのだ。だが手術そのものが怖いならば、相手が優花だろうと誰だろうと、室がもともと話を聞く気がないこともあり得る。

美南はふと瀧田を思いだした。薄々分かっているのに自分が精索静脈瘤だとはっきり知りたくなくて、ずっと逃げ回っていた。あれと同じ心境なのだろう。

「だとすれば、室さんが怖がらないように説明すればいいですね。画像や説明映像をダイレクトに見せない方がいいかも」

「そうそう、まずは当たり障りのない質問や会話で雰囲気を良くして。専門用語もあんまり使わない方がいいね」

優花はメモを取り出すと、猛然と何か書きながらさっさと立ち去ってしまった。いつもは礼の一つも言うのに、この態度には何か恣意的なものを感じる。プライドか、ライバル意識か……。考えてもしょうがない。優花はきっと自分の言いたいことは分かっているだろう。

――「分かった時は無言」。

美南は加恋との会話を思いだした。

念のため室の入院日に、小池と美南は担当医である優花の後ろで様子を見ていることにした。

「どうぞお座りください」

優花はまず、痔瘻に苦しむ室にそう言った。

「痛くて座れねーよ」

室が呆れたように答えると、そこで初めて優花はハッと気がついたような顔をする。相手を思いやれないと言われればそれまでだが、ついこの前まで学生だったこのくらいの年齢の人間にはありがちなことだ。人に冷たいのではなく、人を気遣うことにまだ慣れていないのだ。

「では、本日一四時から手術を始めますので。もう一度どういうことをするか説明します。室さんの手術はゴム輪結紮法といって、患部をゴムで縛って血をとめ、壊死させます……

こんな風に。そうすると、ゴムで縛った部分が一週間くらいでポロッと取れるんです」

優花は美南の助言通り言い方を考えたらしく、緊張した面持ちでゆっくりと暗唱するように説明をした。手元のメモに、簡単なイラストを描いているのもいい。美南は優花の地道な努力を垣間見て、嬉しくなった。この医師は優等生としてずっと生きてきているから

か、今まで新しく何かを頑張っているようには見えなかったのだ。

ところが室はそのイラストをチラリと見ると、視線をはっきりと逸らしたまま「あいよ、ああ、もう分かったよ」と少し嫌そうなそぶりを見せた。

「室さん、これ見てます？　分かってないでしょう？」

「もういいって言ってんべ」

優花は自分からは必死で歩み寄っているのに、相変わらずの室の頑なな態度にイラついているようだった。

「良くないですよ、ちゃんと理解してもらった上で署名してもらわないと」

「名前書けばいいんだろうが！」

どんどんヒートアップしていく優花に引きずられるように、室もどんどん面倒臭そうに語尾を荒くする。

「室さん、そうやって逃げてばかりで！　手術が怖いんでしょう！」

――うわっ！

美南も小池も、顔を引きつらせて硬直した。まさかこの台詞を、真っすぐ患者に吐いて

しまうとは思わなかった。患者の図星を指して傷つけるような言動を意図的にするなんて、医師というより人間として言語道断だ。

　優花もこれは言い過ぎたと思ったらしく、顔を強張らせて口に手をやった。まずは謝らせなければ、いくら何でもこれは失礼だ。

　ところが室は顔を真っ赤にして言葉に詰まると、オロオロと視線を泳がせながら低い声でこう言ったのである。

「そ、そうだよ、怖いんだよ」

「は?」

「怖いよ、そりゃ。当たり前だべ！　今まで手術なんか受けたことねーんだもん」

　美南と小池は目を丸くして、思わず顔を見合ってしまった。

　──こんなに素直に返せるのなら、最初からそう言ってくれれば良かったのに。

　肩を竦め、背中を丸めていじけるようにしている室が妙に可愛らしかった。

「そうですよね、当たり前ですよ。でも今の方が痛いと思いますよ」

「この手術は簡単に済みますし、終わったら痛みから解放されて、信じられないくらい身体が楽になるはずです」

　美南と小池が被せるようにそう言うと、室は「そりゃそうだべ、だから手術なんかするんだから」といじけて悪態(あくたい)をついた。その後さり気なく美南が視線で話を進めるよう促すと、優花はそれに呼応して声音を少し優しくした。

「怖いことなんかさっさと済ませちゃいましょう。ちゃんと説明を聞いて、署名してください。そうしたら今日痔瘻を取って、もう終わりです」

　すると、室は意外に大人しく頷いた。

　その日の午後、室は手術を終え無事に退院した。美南は医局でタイミングを見計らって優花に言った。

「石川先生、分かってるだろうけど、患者さんに『怖いんでしょう』はダメだよ」

　すると優花は無表情のまま「あ、分かってます」と答え、素通りするように美南の前を通って行ってしまった。美南は顔をしかめたが、優花を捕まえて態度が悪いなどと言うつもりもなかったので、そのままにしておいた。

――「分かった時は無言」。

　その日の午後に予約診療が終わって医局に戻ると、優花が五十嵐の隣に座って医学書を覗いていた。五十嵐は今は二年目で麻酔科の研修に入っているが、外科志望なので外科の研修をしている優花に少しは教えることができるのだろう。美南が部屋に入ってきた時一瞬優花が明らかに顔をしかめたので、これは邪魔しない方がいいなと思って美南はそのまま通り過ぎて奥に行った。

「何で術後気胸が生じるんですか？」

「何でだと思う？　ヒント、この動脈瘤がある場所」

「肺と癒着（ゆちゃく）してますよね……ああ、剥離（はくり）する時、肺を損傷するとか？」

「ピンポン、正解！　おー、さっすが！　あと他にある、術中とか？」

妹が二人いる五十嵐はこの年代の女の子に慣れているのか、褒めて優花を乗せるのが上手だ。優花も五十嵐の質問に誘導されながら、自分がどんどん解答している気になって楽しそうにしている。「褒めて伸ばす」とはよく言われるが、人によっては実に覿面な教育方法らしい。

さらにその日の夕方、帰宅直前に外科病棟に行くと、先日ＣＶポート（皮下埋め込み型の中心静脈カテーテル）を埋め込んだばかりの患者の胸元を村木が確認していた。その後ろには、ヒョロヒョロで猫背の弓座がボソッと立っている。美南は弓座の教え方を第三者的に見てみようと思って、側に立って様子を見た。

「先生、これで薬入れてる間って、ずっと寝てなきゃいけないの？　つまらないんだけど。本とか読んでてもいい？」

患者が弓座に聞くと、弓座がそのまま村木に尋ねた。

「村木先生、どう？　つまらないんだって」

「あ、えーと、寝てなきゃいけないんですが、本はいいです……ですよね？」

村木が自信なげに弓座を見ると、弓座は患者には分からない程度に小さく頷いた。すると患者は「いいの？　そうですか、良かった」と村木に向かってニッコリした。

美南はこの弓座を見て感心してしまった。この場合きっと美南なら、患者に向かって「本なら読んでもいいですよ」と自分が答えてしまうだろう。担当医は村木なのにもかかわらず、だ。さっきの優花もそうだ。五十嵐は一度も解答を与えていなかった。優花が考えて、正解を得て、成功体験を積んだように思わせていた。

美南はどちらかというとせっかちだし、患者のことばかりを考えて、つい早く答えようとか手順が悪いと申し訳ないとか思ってしまう。だがそれでは、優花も村木も自分で何かをした気にはならなかったのだ。

――私の教え方が悪かったんだ。

美南には孝美という妹がいるが、孝美は負けず嫌いで賢（かしこ）かったので、妹に何かを教えるという習慣がなかった。考えてみれば、優花は孝美にちょっと似ている。つまり孝美にも五十嵐や弓座のように接すれば、また違ったリアクションがあったのかも知れない。

美南はすっかり凹んでしまった。研修医を上手く扱えなかったのは、彼らの性格ではなく自分のせいなのだ。昨年何も問題がないように思えたのは、五十嵐がたまたま美南に合わせることを知っている人間だったからだ。きっと、今年の二人がとりわけダメなのではない。

「どうしたんですか？」

美南がナースステーションのスケジュール表を見ていると、阿久津（あくつ）が声をかけてきた。美南の表情が曇っていたのを察したらしい。だがそういう阿久津の方が、目の下にクマを作って頬もこけている。

「ん？　大したことないよ。ちょっと反省してるの」

阿久津だけが優しい言葉をかけてくれたこともあって、美南はつい気弱にそう返事をした。すると阿久津は心配そうに美南を覗いて、「反省、ですか？」と聞き返してきた。

「うん、そう。私、教え方下手だから、ついやり過ぎちゃうらしいの。もっとこう、少しだけ上手く示して、教わる側が自分で考えるようにしないとな、って反省してたとこ」

「そうですか……」

阿久津は視線を天井に向けた。

「でも、僕は最後まで教えてくれる方がいいです。頭が次々と働かない方なんで、途中から『自分で考えろ』って言われると、そこで頭が真っ白になって動けなくなっちゃいます」

阿久津はぼうっとした視線のまま、独り言のようにそう言った。それは慰めてくれるというよりは、阿久津の本音に思えた。

「……そう？」

「はい。僕は多分、もともと考えるのがゆっくりなんです。だから『自分で考えろ』って放り出されて、早く考えなきゃいけないと思ったら動けなくなって、それで『早くしろ』って怒られると、腰が抜けたみたいになっちゃいます。昔、お医者さんにパニック障害の一歩手前だって言われました。情けないですけど、僕みたいのは小さい子と同じで、きちんと教えてもらって、咀嚼して理解する時間をたっぷりもらえた方がいいです」

阿久津は自虐するように苦笑を浮かべてそう言った。その繊細さで、今まで随分と辛い思いをしてきたのだろう。そして優しさゆえにいつも自分を責めてしまい、やがて人間関係を考えることに疲れ果てて内に籠ってしまうのだ。

それよりも嬉しいのは、阿久津が言いたくもないであろう弱点を暴露して、自分を貶めてまで必死で美南を慰めてくれたことだ。

「阿久津くんは優しいね」

「え？　そ、そうですか？」

阿久津が下を向いて真っ赤になって照れた時、速足でやってきた加恋がナースステーションのカウンターで向き合ってのんびり話している二人を見つけ、呆れ声で阿久津を呼んだ。

「阿久津くん！　あなた一体、何やってるの？　今は学校の放課後ですか！」

「あ、は……」

さっき美南に言ったように、阿久津は一気に顔が青ざめて奇妙なほど無駄な動きをし始めた。

「すみません！　私が引き留めちゃっていたんです」

「だから！」

加恋は美南にもうんざりしたような顔をした。

「先生のお話と仕事を天秤にかけて、どっちを優先させなければいけないのか考えろってことなんです！」

——なるほど。

美南はまた納得した。加恋は、阿久津がさっき言っていた「考えろ」というタイプの人らしい。そして美南も阿久津のように、実はかなり最後の方まで言ってもらわないと分からない方かも知れない。

阿久津は「すみません！　すみません！」と頭をペコペコ下げながら走り去った。


その数日後、八月も夏休みも明日で最後という日のことである。翌日の八月三一日は結の人生初めての誕生日だから、どんな食事にしたらいいか美南は朋美ら数人の看護師や女性薬剤師と話をしながら休憩室で昼食を摂っていた。

「見た目豪華なのが嬉しいよね、お寿司とか」

「でも、食べやすいのがいいんじゃないですか？」

「誕生日ならケーキが基本でしょ！」

ふと、外科に勤める看護師が時計を見て、慌てて立ちあがった。

「そうだ、阿久津くん休みなんだった！　回診の準備しなきゃ！」

「阿久津くん、どっか身体でも壊したんですか？」

美南が何気なく聞くと、その看護師は眉を八の字にした。

「先生、気がついてなかった？　阿久津くん、今週ずっと休み。これからも当分」

「え？」

そう言えば、ここのところステーションで加恋や看護師たちが叱る声が聞こえなかった。背中を丸めて小走りで廊下を通り過ぎる阿久津の姿も、言われてみると見かけていない。

「ケガでもしたんですか？」

「違うよ。ほら、また昔のアレがぶり返したみたい」

「ああ……」

昔のアレ。引きこもりのことだろう。思い起こせば先月くらいから顔色が一層悪くなって、目の下にクマも作っていた。事情を知らない患者の中にはゲームでもしているんだろうとか、夜中まで友達とSNSでもやっているのだろうなどと笑う人もいたが、外科の看護師たちは大方予想をつけていて、阿久津がいつか来なくなるだろうと不安視していたようだった。

「あの子、中学校の時適応障害だったらしいんだよね。やっぱりこういう不規則で忙しい仕事って、難しいのかなあ。ものすごく心根の優しい子なんだけどねえ」

朋美が弁当箱を片付けながらため息をついた。阿久津はキタソーに来て最初の一か月は内科病棟で朋美の下にいたから、朋美もこの青年のことは知っている。

「どうするんですか？」

「どうするって、対応についてはお医者さんの方が分かるんじゃないの？　まあ阿久津くんももう大人なんだし、出てこられるまで待つしかないね」

美南は弁当を食べながら、つい数日前阿久津に優しい言葉をかけてもらったことを思いだした。

――「どうしたんですか？」

それほど親しくもない美南のいつもと違う様子を感じ取って、心配そうに声をかけてきてくれた。

ふと見あげると、休憩室の扉窓越しに、二、三人の看護師が慌ただしくワゴンを押しながら仕事の分担を話し合っているのが見える。そう、この仕事はいつも忙しい。

――「僕は多分、もともと考えるのがゆっくりなんです」。

阿久津の自虐するような笑みが思いだされた。

「私、阿久津くんの家に行ってみようかな」

「何で先生がそこまでするの？」

朋美が目を丸くして美南を見た。

「いえ、この前私がちょっと落ち込んでる時、慰めてくれたんですよ。すごく優しくて、私結構救われたんですよね。だから、私も阿久津くんのために何かできることがあるかなと思って」

それを聞いた朋美は、大きく頷きながら「そうなんだ、あの子ホントに気立てはいいもんねえ」と同意して、阿久津が職員寮に住んでいることを教えてくれた。これはキタソーが看護師や技師のために一軒まるごと借り上げ寮として提供しているアパートで、歩いて一〇分くらいのところにある。

「あの子実家は東京なんだけど、帰らないでずっと一人で寮にいるらしいの。でも先生、話は端的にね。いきなり外からの刺激は強すぎるかも知れないから」

美南は「はい」と返事をした。

その日の夕方、結を引き取ってから職員寮に行ってみた。八月末とは言え夏は日も長い し、かなり暗くなっても遠くの山では蟬(せみ)が全身全霊で叫ぶように鳴いている。

「お菓子屋さん？　県道沿いにある『フロコン』っていうケーキ屋さんがお勧めよ！」

保育園で乳児クラスを担任している仲佐(なかざ)さとみが、頰を赤らめて教えてくれた。

「シフォンケーキとかメレンゲとか、ふわふわ系が得意なの。見た目がとっても綺麗で、あんまり甘くないから男の人にもいいと思うよ」

そこでそのケーキ屋に立ち寄った。中がおとぎの国のように可愛らしく飾り付けてあって、ケースには色とりどりのケーキや焼き菓子がズラリと並んでいる。どれもおもちゃのように色づけてあるから、見た目にもとても可愛い。東京の街中にあればものすごく人気が出そうだ。

「うわー！」

ケースの中のお菓子を見た瞬間結が感動の声をあげたので、何だか嬉しくなって、結の掌(てのひら)より大きなクッキーを一枚買ってあげた。

さとみお勧めのシフォンケーキを買って、キタソーにほとんど逆戻りした。阿久津が住む職員寮が、キタソーのすぐ側にあるからだ。そこは二階建てのアパートを建物ごと借りあげたもので、一階が男性、二階が女性になっている。ここには五十嵐が昨年最初の数か月間入居していたが、駐車場がないので別のマンションに移ったと聞いたことがある。医師はいつでも緊急のオンコール（呼びだし）に備えて車を持つ必要があり、しかも経済的に余裕があるため、独身や単身赴任の場合、通常はセキュリティがしっかりした駐車場付きのマンションに住む。そのため職員寮には単身の看護師や技師、事務職員が住んでいる。

よちよち歩きをする結の手を取って阿久津の部屋を探していると、ドアの一つが開いて放射線技師の松田が出てきた。

「あれ？　ま、松田さん！」

美南は仰天して、悪いことでもしたかのように焦った。考えてみれば松田はいい歳とは言え独身なのだから、ここに住んでいるのも不思議ではない。

「安月先生、こんなところでどうしたんですか。これは、娘さんですか」

松田は無表情でそう言いながら、結をチラリと見遣った。

「あ、そうです。娘の結です」

「可愛いですね」

まったく顔色一つ変えず、松田はそう言った。この顔で社交辞令を言っているのか、それとも照れているのか、松田の心が全然読めない。

「阿久津くんがお休みしているっていうんで、ちょっと様子を見に来たんです」

「准看の阿久津くん？　先生、個人的に親しいんですか」

「いや、個人的に親しい……？」

親しいというわけではないだろう。これには、どう答えたらいいだろうか。

美南が苦笑していると、松田は無表情のままスタスタと阿久津の部屋の前に歩いていき、何事もないかのように扉をドンドンと叩いた。デリケートな阿久津が家から出られなくなっているのだとしたら、いきなりこれでは恐怖でしかない。

「ちょっと、松田さん！　そんな乱暴な。そこに呼び鈴が」

美南が慌てて松田の腕を摑むと、松田は無表情のまま答えた。

「阿久津くんは呼び鈴では出ません」

「え？」

松田が何回かドンドン、ドンドンと扉を叩き続けると、開錠する音がして少しだけ扉が開き、阿久津の困惑した小声が聞こえた。

「まつ、松田さん、何ですか」

「お客さんです」

「阿久津くん！」

美南が声をかけると、阿久津が驚いて扉を開けた。

「え？　安月先生？」

青ずんだ真っ白な顔に無精髭、ホームレスのようにグシャグシャの髪の毛をした阿久津は、普段の気弱な姿よりもむしろ男の子らしく見えた。阿久津は美南を見ると大慌てで髪の毛を手で直し、マスクをつけた。

「す、すみません、こんなカッコで」

「いいよ、いいよ。こっちこそいきなり来ちゃってごめんなさい。阿久津くんがずっとお休みだって聞いたから、ちょっと顔見たくて」

すると阿久津は美南の膝辺りでキョトンと阿久津を見あげている結に気づき、押し殺した嬉しそうな声をあげた。

「結ちゃん、久しぶりだねー！　元気だった？」

美南が週末に呼びだされた時、何回か阿久津が結を見ていてくれたことがあった。それで結も阿久津を認識したらしく、満面の笑みを浮かべた。阿久津はすぐに結の前に座って視線を揃え、「またちょっと大きくなったかな？」と話しかけた。結が阿久津のマスクに手を伸ばすと、阿久津は自分からマスクを取って「お兄さんの顔、覚えてる？」と笑いかける。これだけ見ていると、仕事に来られない人にはおよそ見えない。

「そうだ、これお土産（みやげ）！　保育園の先生お勧めのケーキ屋さんのシフォンケーキなの」

美南がケーキの箱を阿久津の目の前に差しだすと、阿久津はそれを見るなりまた嬉しそうに反応した。

「あ、『フロコン』だ！」

「知ってるの？　ふわふわ系が特に美味しいって聞いたから」

あまり長々と話してても良くないので、美南はそこでもう去ろうとした。引きこもっている人とは最初は二語以上話すな、という人もいるくらいだ。もっとも扉の外まで普通にこうやって出てくるのだから、阿久津はそれほど深刻ではないのかも知れない。美南はホッとした。

ところが突然、松田が会話に割り込んできた。

「安月先生は、職員が休むといちいち訪問するんですか。それとも阿久津くんだからですか」

「え？　いや、阿久津くんには私も娘もお世話になってるので」

美南が慌ててそう答えながら結を見ると、阿久津が困ったような顔をした。

「松田さんは、またそういう言い方を……」

どうやらこの二人は、思ったより親しいらしい。同じ寮に住んでいるのだから、接点も多いのだろう。

「つまり、阿久津くんだから来てみたんですか」

松田が確認するように尋ねるので、美南は「まあ、そうですけど」と答えた。すると、阿久津の青白い顔がポッと赤くなった。松田は無表情のまま横目で阿久津を見遣り、いつもの検査室の口調で尋ねた。

「阿久津くん、SSTには行っていますか？」

「あ、はい。昨日はちゃんと行きました」

「SST？」

美南は目を丸くして二人を見比べた。ＳＳＴとはソーシャル・スキル・トレーニングといって、人と上手く接するための社会的スキルを育てる、適応障害者の支援プログラムのことである。すると松田が微かに得意気な笑みを口元に浮かべ、美南を見た。

「私が紹介したんです」

「えっ！」

美南は驚いた。松田がそんな気の利くようなことをする人だとは思わなかったのだ。いつも言われたことだけをして、言葉の足りない研修医に意地悪をしている、親切などとは縁遠い狭量な人だと勝手に思っていた。

「随分驚いてますね」

松田が美南の腹の中を見透かしたように尋ねてきた。

「いや、そんな……まあ、はい……でも、いいですね、こういうの。寮に住んでいる方々の間って、横の繋がりが強いんですか？」

「そうですね。前にああいうのが建ってるんで、何となくこっち側の連帯感が湧きますね」

松田が見あげた視線の先を見ると、道路の向かいに洒落た石垣のような門があった。その奥には木立に囲まれた道が、緩やかな丘の上まで伸びている。その丘に建つのは、一見して超がつきそうなほど豪華な低層マンションだ。

「うわー、何だ、ここ森か公園だと思ってた。こんな高級マンションがあるなんて知らなかったですよ！　有名人の別荘とか？」

「セカンドハウスとして使っている芸能人や政治家もいますが、医師もいますよ。村木先生とか」

松田が含みのある答えをした時、美南は変顔になった。そう言えば、村木の父親は大病院の院長だ。松田は美南のその表情に満足したように、ニヤーッと笑った。

阿久津はそれからオドオドとすることもなく、美南が車に乗るのを松田とともに見送りに来た。もうすっかり暗くなっていて、美南がふと見あげると星空が円蓋のように広がっていた。

「うわー、星が綺麗！　結、阿久津くん、見て見て！」

美南が子どものように声をあげると、阿久津が空を見あげて大きく目を見開いた。

「ホントだ。こんなにすごいんだ」

「阿久津くんも東京出身なんでしょ？　東京じゃ、あんまり空見ることってないよね」

阿久津は「ええ」と呟くように答えるとしばらく無言で上を見渡し、独り言のように言った。

「ここでも今まで、空なんか見なかったです。僕、いつでも余裕ないんだなー……」

「私もそうだなー……」

二人は無言で空を見あげた。満天の漆黒（しっこく）の闇の中に、宝石をちりばめたように小さい星が広がっている。

「星座とか天体に強い人っているよねー。小学生とか」

美南が何気なく言うと松田が「私も好きでしたねえ」と返事をしてきたので、美南は妙な気恥ずかしさを覚えた。松田とこんな空気感で会話をしたのは、初めてかも知れない。この人の口から「好き」などという肯定的な言葉が出ると、どうしたことか不自然にすら思える。

「宇宙飛行士とか、憧れましたねえ」

「宇宙飛行士？　松田さんが？」

「何ですか？　私が憧れたらいけませんか」

不機嫌そうに聞き返した松田の顔を見て、美南は噴きだしてしまった。実は松田の無表情は、多くの感情を薄らと表現している。それが分かるようになって、美南は楽しくなった。

「どうして宇宙飛行士にならなかったんですか？」

「大きくなるにつれ、何となく熱が冷めましてね。まあ地学が苦手だったっていうのは言い訳ですが、そこまでなりたくなかったんでしょうね」

美南は納得して頷いた。人が夢を諦める時は、大概そうだ。自分の中で熱が冷め、是が非でも夢を叶えたいとは思わなくなる。つまり諦めるというよりは、自分から自分の夢に見切りをつけるのだ。

「でも大きな機械は好きですから、放射線技師になったんです。ほら、ちょっとロケットみたいでしょ」

当然同意してもらえると思ってそう聞いてきた松田は、美南と阿久津が不思議そうに首を傾げているのを見て「ロケットみたいなんですよ」と呟いた。

「阿久津くんは？」

「僕……僕は、人に手を貸してあげられる人間になりたくて」

美南と松田が阿久津を見遣ったのが分かってわざと視線を合わせるのを避けたのか、阿久津は空を見続けた。

「僕が高校に通えなくなったのは、いじめられたとかハブられたとかそういうんじゃなくて、僕の方が勉強にも友達の会話の輪にもついていけなくなっちゃったからなんです。何ていうか、勝手に疎外感を持って……だからみんなは僕が何か他にしたいことがあるんだろうとか、この学校が嫌いなんだろうとか思ってたみたいで」

「そうか、自分の意志で学校に来てないと思われちゃったんだ」

美南が言うと、阿久津は深く頷いた。

「でも後になって思えば、その時きっと誰かに『学校来ないのか？』って聞いて欲しかったんですよね。その一言だけ……ちょうどさっきの松田さんみたいに」

「私？」

松田が素っ頓狂な声をあげた。自分の名前が出されるとは夢にも思っていなかったらしい。それを嬉しそうに見ながら、阿久津は言葉を続けた。

「松田さんはいつも、ちゃんと最後の答えまで導いてくれるんです。だから僕みたいに放り出されるとダメな人間でも、ついていけるんです」

確かにそうかも知れない。美南が初期研修医の頃の失敗も、松田が「『右肩』と『左肩』を書き間違えないでください」と言っただけだったら、美南はおそらく再び同じような失敗をしただろう。それがどれほどの面倒を引き起こすのか体験して、最後の尻ぬぐいまで全部自分でやって、初めて次から気をつけるようになる。松田は忙しいのだから、研修医がのろのろと指示や予約を最初からやり直すのを待つのは、本来ならかなり迷惑のはずだ。だがそこを我慢して自分で片付けず、美南にやらせることによって学ばせたのかも知れない。事実その後美南はいつも「あんな面倒なことになったら大変だ」と思って大きな失敗をしていないので、松田に嫌味を言われることはほとんどなくなった。

「そうか。松田さんは、わざと嫌われ役をしてくれてるんだ」

素直に感動を顔に出した美南にどう返事していいか分からなかったのか、松田は無表情のまま澄ましていた。

「でも、良かったね。今の阿久津くんには、手を貸してくれる人はいるんだね」

美南が尋ねるように言うと、阿久津は「きっと、今までも探せばいたんですよね」と自(じ)嘲(ちょう)気味に微笑した。

「安月先生は、どうして医師になろうと思ったんですか」

阿久津が今度は美南に尋ねた。

「どうして？……夜中におばあちゃんが倒れた時、助けてくれたから……かな」

美南の脳裏に、暗闇の中で温かく灯るオレンジ色の光が浮かんだ。

「救急車の窓から外を覗くと、真っ暗な中に病院のナトリウム灯がポッと見えて……その時おばあちゃんには私しかいなくて、でもまだ幼稚園児で、不安で不安でしょうがなかったから、病院のスタッフが世界を救うヒーローに見えたなあ。それから私、『おれんじいろのびょういんになりたい』ってずっと言ってたの。医師でも看護師でもなくて、病院」

これに阿久津も松田も少し声を出して笑った。そう、美南は縋る思いで駆け込んでくる患者に両手を広げてあげられるような、いつでも闇の中に凛として在る病院のような存在になりたいのだ。

三人はそれから再び無言になって、空を見あげた。美南は結がぐずるまで何も考えずに我を忘れて満天の星を眺め、その数秒で頭がスッキリした気がした。何もせず何も考えない時間というものは、こんなに疲労回復に効果的なのだ。

「お休みのところ、勝手に来ちゃってごめんね」

帰り際阿久津にそう言うと、阿久津はにっこりと笑った。

「いいえ。来て頂いて嬉しかったです。僕も明日からちゃんと行きますから」

これを聞いた松田が「そんなに急ぐ必要はありませんよ」と口を挟んだが、阿久津は「大丈夫です、行けます」とはっきりと答えた。美南はこの姿を見て、阿久津は大丈夫だろうと思った。

阿久津と松田に別れを言って車を走らせると、バックミラーにまだ空を眺めている阿久津が映っていた。

帰宅すると、玄関脇に巨大な段ボール箱が置いてあった。いつも留守中に宅配便が来ると、大きい物はここに置いてあるのだ。

美南も膝を抱えたら余裕で入れるような巨大サイズのその箱は、アメリカの景見から結に宛てて船便で来た物だった。差出日は六月の頭だったから、結の誕生日前に確実に着くようにしたのだろう。

夜中、結を寝かせてから景見に電話をした。

「荷物届いてた！　ありがとう！」

「間に合った？　良かったー！　その箱開けてる結、動画で撮っといてな！」

景見は自分の娘の初めての誕生日に一緒にいられない分、色々詰め込んだと言っていた。洋服やおもちゃ、絵本など、あちらこちらの店を回って、お勧め通販も調べて、とにかくあれこれ送ったという。伸ばしっぱなしにしていた髪の毛を遂にバッサリとスポーツ刈りに近いくらいに切ってしまったので、まるでお坊さんのようだ。

それから近況の話になった。どうやら景見には、他の病院からの引き抜きの話が来ているらしい。引き抜きはアメリカでは医師に限らず珍しいことではなく、引き抜き専門のエージェントも多くある。

「お給料とか立場とかよくなるの？　どこ？」

「うん、まあね。病院の場所はサンフランシスコ」

美南の頭の中に、大きなアメリカ合衆国の地図が浮かんだ。世界地理にはかなり疎いが、ボルチモアはアメリカ東海岸だ。飛行機の中で、航路を示す画面を幾度となく見たからよく覚えている。一方のサンフランシスコは西海岸、カリフォルニア州だ。

「あっちからこっちになるんだね」

「日本にはぐっと近くなるけどね」

「いつから？」

「引き受けるかどうか分からないよ。こっちでまだ大学病院にも行ってるし、その兼ね合いもあるから」

景見は、昨年所属していた大学の病院にもまだ週に一回くらいのペースで顔を出している。研究ではなく臨床の方で、時々大きな手術のチームに入ったりしているらしい。だが引き抜きの話には、必ず今よりもいい条件があるはずだ。

「でも、サンフランシスコの方が待遇が良くなるんじゃないの？」

すると景見は少し言い辛そうに口ごもってから、「うん、まあ他の選択肢も考えてるから」と言葉を濁らせた。きっと美南が知らないところで、色々動いているのだろう。

「でも凄いね、どこの国でもそうやってオファーがあるなんて。やっぱり先生、医師に向いてるんだね」

美南は景見に敬意を込めてそう言った。だが、景見はこの言い方を好まなかった。

「いや。医師に向いてるとか、結果論だから」

「そんなことないよ。自分が向いてると思えばもっと頑張れるでしょ？」

「そう？　俺、自分が向いてるから医師になろうと思ったことはないぞ？」

「そうなの？　じゃ、何で？」

「なりたかったからに決まっとろーが。俺この仕事好きだもん」

――……なるほど。

美南は黙った。考えてみれば自分だってそうだ。自分は医師に向いているから、医師になろうと決めたわけではない。

医師になりたかったから、なった。この仕事が好きだから、また明日もしたいし、もっといい医師になりたいと思う。だから頑張れる。仕事が好きだから毎日働ける。「いいやそうではない、仕事なんか嫌いだ」という人でも、職場や同僚、そこからもらう給料、その会社に所属するという自分の社会的ステータス、今までと変わらない習慣的行動など、そこにある何かしらが好きなのではないだろうか。だから続けようと思うのだ。実は「好き」というのはものすごく根源的な動機で、全ての行動のエネルギーなのだ。

――ということは、一番大事なのは「好き」ということか。

「向いている」という言葉を景見は「結果論」と言った。もしかしたら、そういうものなのかも知れない。医師として大成した人には、みんなが「医師に向いている」と言うだろう。ダメだったら、「向いていると思ったのに、向いていなかったね」というわけだ。

どうも人は、何かをする前に保証を欲しがる。才能があるから、向いているから、上手くやれそうだから、これこれをやってみる。要するに自信の根拠が欲しい。だが考えてみれば、やってもいないうちに才能があるか、向いているかなど分かりはしないのだ。背が高い人全員にバスケットボールの才能があるわけではないし、東大生全員がずっと優等生だったわけではない。

つまるところ、北崎が発した「やめた方がいいよ。オペ向いてない」は、文字通りの意味を持つ言葉ではないのだ。言葉の内容ではなく、北崎にそう言わせた原因は何か。問題はそこなのだ。美南は一つ深呼吸をした。

翌日も、時間を合わせて景見とテレビ電話を繋げたまま結の誕生日を祝うことにした。誕生日の歌を歌ってケーキを食べさせると、結は不思議そうに美南と画面の景見を見比べた。こんな夜遅く起きて、しかも甘いものを食べてもいいなんて、何でだろうと思っているのだろう。

「結、これぜーんぶパパからだよ。開けてごらん」

色とりどりの包装紙とリボンで飾られた大小のプレゼントの包みや箱を開けながら、結は「きゃー」と興奮と喜びの声をあげて人形やおままごとセットを取りだし、いちいち手に取って撫(な)でたり振ったりした。

「結がこうやって育っていくの、側でじっくり見たいなあ」

景見は顔を紅潮させ、満面の笑みで結を眺めながら呟いたが、それからすぐスマホを見て「あ、時間だ」と食べかけのサンドイッチを乱暴に袋に突っ込み、炭酸水を呷り、「じゃ結、パパお仕事行くからな。お誕生日おめでとう！」と手を振って電話を切った。

結はその日興奮して寝ないかと思ったが、疲れたのか、意外とアッサリ寝入ってしまった。こうして、少しだけ特別感があった結の一歳の誕生日は終わった。

第三章　専門研修に向けて

1

九月になると、北関東の山の方は急に秋が足早にやってくる。八月と比べると気温が一気に五度ほど下がり、観光客でごった返していた道路が突然空く。

外科は手術が早く始まることが多く手術時間も長いため、できるだけ他の拘束がないようにしようという工夫があって、朝のカンファは行わない。内科との連携が必要な時や時間が空いている医師が、内科のカンファに自由に参加するだけだ。

その日も美南はいつも通り、結を保育園に預けてからキタソーに行った。医局の隅にある会議室で、高橋や梅林大の医師たちが内科のカンファをしているのが見えた。

すると待っていたかのように、高橋が美南を見つけて声をかけた。

「あー、安月先生、ちょっと。この患者さん、安月先生の娘さんの先生だって？」

「え？　どなたですか」

会議室に入りながら差しだされたカルテを見て、ハッとなった。「仲佐さとみ　二五歳」。

――仲佐先生？　保育園の？

「そうです、ついさっき結をお願いしてきたばっかりです」

　すると高橋は数回頷き、椅子を指して美南もカンファに参加するよう勧めた。

　さとみは保育園近くの内科クリニックからの紹介状を持って、昨日内科を受診した。半年前にそのクリニックの健康診断で胃のバリウム検査をしたところ、粘膜下腫瘍が見つかったそうだ。これはほとんど無症状なのでこうして検診で発見されることが多く、放置しても良いようなものから致命的なものまで様々あるため、見つかったら精密検査を受けた方が良い。さとみの腫瘍は大きくなかったので検診後は経過観察していたのだが、このところ急に増大傾向が見られたので、キタソーに行けと言われたそうだ。

「内視鏡検査で、正常粘膜に覆われた隆起性病変がはっきり認められました。頂部に陥凹。生検（生体検査）でＫＩＴ（受容体型チロシンキナーゼ）がプラス。ＧＩＳＴ（消化管間質腫瘍）で間違いないと思います」

　高橋が淀みなく言った。この病気は内視鏡で胃を覗くと、普通の胃の粘膜の下にポッコリと膨れた瘤がある。その瘤は少し平たくて、白玉のようにてっぺんが凹んでいることがある。その視覚的な病変の他、特徴的な遺伝子の突然変異など幾つかのポイントを確認し、高橋はさとみの疾病をＧＩＳＴと診断した。

「この数値だと、取っちゃった方がいいと思うんですがね」

　高橋がそう言って弓座を見ると、弓座は頷きながら手術の予定表を見た。

「北崎先生、お願いできますか」

「はい」

「助手は……えーと、安月先生」

その時、美南は北崎が眉をひそめたのを確かに目にした。

「あー、ここんとこ昼間は立て込んでるから、午後遅い時間になるかな……」

「じゃあ、五十嵐先生お願いするよ」

弓座が少し迷った風に予定手術開始時刻を呟いた途端、北崎はすかさず五十嵐を指名した。どう見ても、北崎が美南を避けたがっている。いくら何でもこれは失礼ではないか。向いてないとは言われたが、手術に失敗したわけでも何でもないのに、何でこれほどあからさまに避けられなければならないのか。

その日の夕方、結を引き取りながらさとみと話をした。さとみは少し気まずそうに、

「手術の日とか決まったら先生に言おうと思ったんだけど」と苦笑した。

「さっき、検査結果聞きにキタソー行ってきたのよ。そしたら高橋先生だっけ？　ダンディなおじさん先生、あの先生がちゃんと説明してくれたわ。ちょっと治療が大変だって。ネットで調べたら、要するにがんみたいなものなんでしょ？」

そう言いながら、だんだんさとみの表情が暗くなった。

「ううん、ＧＩＳＴはがんとは違うんですよ。転移も少ないから、取っちゃえば予後も悪くないし」

「え？　そうなの？」

美南が平然と答えると、さとみの顔がパッと明るくなった。変に期待させるのはよくないが、余計な不安ほど要らないものはない。さとみは以前の佐枝子のように切羽詰まった状態でもないのだから、淡々と手術に臨むべきだ。

「手術する先生も腕はいい先生ですよ」

この言葉にさとみはホッとして満面に笑みを浮かべたが、一方で美南は全然違う点で自己嫌悪に陥った。

――今、無意識に「腕はいい」って言っちゃってたよね、私。毛嫌いに毛嫌いで対抗しようとしたって無意味なのに。

数日後、美南は平日に半日休みをもらい、結を保育園に預けるとそのまま朋欧医科大を見学に行った。自宅から車で一時間ちょっと、もし通うことになれば少し遠いので、結の負担も考えたら近くに引っ越す必要があるだろう。

朋欧医科大学病院は、地方ならではの贅沢な医療複合体だ。病院の敷地に入ったか入らないかくらいの辺りから大学のテニスコートやグラウンドが並び、遠くには大きく「朋欧医科大ホテル」とある立派なホテルまで建っている。観光地でもないのにこんなところにこんなネーミングのホテルがあるということは、ここで開催される会議やシンポジウムに来た医師たちや、患者の家族が泊まったりするのだろうか。

道路沿いには職員用、学生用、来院者用、妊婦・小児用、障がい者用などと分別された駐車場が延々と続き、その先にある林に囲まれた広々とした芝生がドクターヘリ用のヘリポートだ。平地にヘリポートがあるなんて、都会の病院ではあり得ない。

コの字に建てられた真っ白な病院本館は少し古めだが、薬局やカフェが並びにあって、雨でも濡れずに行けるように屋根がある。

大学病院には通常の診療部門以外にもがんセンターや再生医療センター、病理部などの特殊部門、看護部や薬剤部など医科以外の部門が多数あるが、朋欧医科大にはさらに女性医師や育児・介護中の医師の相談に乗るサポートセンターもある。施設案内をしてくれた若い女性事務員が自慢げに言った。

「お子さんを敷地内の保育園に預けることもできるんですよ。とっても便利で、女性職員には好評です。定員は二〇〇人です」

「二〇〇人って大きいですね！　私、まだ小さい子どもがいるんで、保育園はものすごく大事なポイントなんです」

思わず美南が声を上ずらせてそう反応すると、その事務員は目を丸くして驚いた。美南はいつも年齢より五歳くらい若く見られるので、子どもがいるとは思わなかったらしい。

「あら、ご結婚なさってるんですか！　それなら、医師は優先されますから安心してお子さんを預けられますよ。何だかんだで保育園はいつも満杯なんです。まあ職員全部で二六〇〇人を超えてますから、当然と言えば当然なんですけど」

職員の中で医師は七三五人。そのうち非常勤が九〇人、医科大学の方で講師として教えているだけという外部の医師が六〇人くらいいるそうだから、実質専属の医師は五八五人というところだ。それからレジデントが九〇人、初期研修医が一〇五人。この数値に美南は驚いた。

——レジデントが九〇人！

美南が希望している消化器外科は、ここでは主に第二外科という部門が取り扱っている。施設案内の後医局に案内されて借りたケーシー（丈が短いセパレート型診療衣で、タートルネックのもの）に着替えると、美南より若いのではないかと思われるような若手男性医師が科内の案内をしてくれた。

「キタソー……あー、じゃあ、うちの北崎医師がお世話になってますよね？」

「はい、ご存じでしたか」

「それは、同じ科ですから。北崎先生、手術上手いでしょう」

「はい」

するとその医師は微笑(ほほえ)みながら満足そうに頷き、こう言って自分で噴きだした。

「そうなんですよ。おっかない人ですけどね」

なるほど。それは聞いて良かった。美南を傷つけた言葉の少なくとも何割かは、北崎の元々の性格に起因したものだったというわけだ。

「本当はもうちょっと長くアメリカにいるはずだったみたいですが、突然パッと帰ってきちゃったんですよ。あっちで揉め事を起こしたとかそういうんじゃないとは思うんですけど、研究にケリがついたのかな。キタソーではどうですか？」

「ほとんどお話したことがないんです。いつも、こう、分厚い眼鏡の奥で光る目が怖くて」

美南がそう苦笑すると、男性医師が「眼鏡？　北崎先生、眼鏡かけるようになったんですか」と驚き、それから首を傾げた。

「僕もあんまり存じあげないんですが、以前はもう少し明るい先生だったイメージあるんですけどねえ」

その医師は二外の外来診察室と病棟、医局、そして手術部にも連れていってくれた。本館二階の四分の一を占める、大きな手術部。手術室は全部で二〇もあり、年間手術数は一万件近いそうだ。そこには手術室がいくつも並んでいる。そのうちの一つで「手術中」のランプがついている部屋から看護師が出てきた瞬間、美南はさり気なく中を覗き見してみた。

広い室内に、あらゆる器具機械が並んでいる。大勢の医師や看護師、技師、研修医、そして見学の学生たちがギュウギュウに入っている。そうだ、こういう画（え）が自分の手術の原体験だった。その雰囲気を味わうだけで、美南はアドレナリンが湧きだした気分だった。執刀医の周りにいる助手たちはギンギンに緊張しているが、見学の学生たちの多くは手術が始まって一〇分もすると飽き始める。手元もろくに見えないのだから、つまらないのだ。

――やっぱり大学病院っていいなあ。技術を学ぼう、情報を得ようと思えば、すぐ手の届くところに機会があるんだもんな。でも私なんか、ただいるだけで自分が優秀になったような気になっちゃいそうだな。

その後もう一つの見学先、救命救急センターに行った。ここでは、美南より少し年上らしい顔の大きな男性医師が案内してくれた。

センターには初期治療室、通常の救命救急病棟、ICU（集中治療室）があり、一七名の専従医がいる。救急搬送は一日一五人弱、心肺停止搬送は年間約八〇人。包括地域が広い割には患者数が少ない。これについて、男性医師はこう言った。

「田舎なんで、そもそも人口が少ないですからね。でもドクターヘリもあるし、地域災害拠点病院なのでDMATもいるし、体制は結構整っているんですよ」

昼過ぎに全ての予定が終わったので、事務部に戻って礼を言い、朋欧医科大を出た。コンビニのおにぎりを片手に高速道路を運転しつつ、美南の心は躍っていた。

――うん、ここはいいな。施設も雰囲気もいいし、何より規模が大きいから、今までとは全く違った経験が積めそう。

事務員の説明からして、日勤の時間帯は結を保育園に預けることができそうだ。それに二外を案内してくれた医師は、子育て中の医師は日勤だけで、夜中などのオンコールには代替対応するサブの担当医をつけてくれると言っていたし、救命救急センターも育児中は夜勤免除と教えてくれた。つまり、どちらの科でも大丈夫だということだ。それに職員用の宿舎も新しくて綺麗で、文句ナシだ。近いうちにCDを見学に行って、どちらがいいかじっくり決めよう。

問題は、どちらの科にするかだ。正直なところ、美南は今救急科の方に心が動いている。あのオレンジ色の光が自分を呼んでいるような気がしてならないと言えば格好がいいが、実際のところ外科の淡々とした地味で長時間に亘る手術より、スピードを求められる救急科の仕事の方がやっていて自分の性格にあっている気がする。それに勤務時間がキッパリしているのもいい。

専門研修のプログラムは、病院や科ごとに千差万別だ。朋欧医科大の二外は最初の二年は本院で、三年目から連携病院に出る。キタソーの派遣医師たちから聞いた話によると、梅林大の外科では初年度に連携施設に所属して一般外科を中心に研修し、二年目から基幹施設勤務になる。つまり、最初にいきなり外の病院に出されるわけだ。大学の同期が言うには、CDの外科では最初の二年間で全ての外科を回って基本領域を終え、三年目からもうサブスペに入る。だがその分スケジュールがかなり厳しいらしい。一方救急科は、大体どこでも三年だ。ただ基幹施設が最初とは限らない。

要するに、始めてみないことには分からない点が多いのだ。素直に「続けて働きたい」と強く思う方、より良い自分の将来像をイメージできる方を選ぼうと腹に決めながら、美南は高速道路を降りた。

九月の中頃のある夜、孝美(たかみ)から連絡があった。一一月で修習が終わるので、その後東京へ戻るそうだ。

「もうどこで働くか決まってんの？　これから就職活動？」

「いや、仕事は司法試験前から決まってるのよ」

「は？　どゆこと？」

孝美は予備試験に合格していたし、大学でも成績上位者だったので、司法試験前に既に大手の法律事務所の就職試験を受けて、内定が出ていた。最初の年は試験に失敗してしまったが、それでも事務所側は待ってくれたので、修習後にはその事務所で仕事を始めることができるというわけだ。随分と優遇されているように聞こえるが、逆に言えばそれだけ司法試験の合格率は低いのである。

「それで、どんな仕事するの？」

「金融や企業法務。最近事務所がアジア各地に顧客を広げてるから、そっちにも興味あるんだ」

「へー！　すご！　そんなことやってたっけ！」

金融なんて、美南はそもそもどういった業種なのか全く分からない。思い当たるのは銀行くらいだ。それに孝美が法学部なのは知っていたが、その中で何を得意としているかなど思ったことがなかった。弁護士というと、ドラマでの刑事事件や芸能人の離婚裁判、医療訴訟（そしょう）くらいしか思いつかない。

「そうか。弁護士もやっぱり専門とか得意分野とかあるんだ」

「そりゃそうだよ、一人で全部の法律カバーできるわけないじゃん。医者だってそうでしょ？　内科のお医者さんが、手術しないでしょ？」

「なるほど」

美南は納得した。やはり当たり前ではあるが、何の分野でも得意とか専門があるのだ。

「また引っ越すことになるけどね」

「亮くんはそれで大丈夫なの？」

「全然問題ないよ。元々バイトだから」

相槌を打ちながら少し不安を感じた。瀧田は、いつまで非正規雇用でいるつもりなのだろうか。

美南の疑いを感じたのか、孝美が言った。

「今はそれでいいのよ。亮、この前手術受けたんだ。精索静脈瘤の」

「え？　ホント？　やっぱりそうだったの？」

「うん。手術も、日帰りの簡単なものだったよ。その後の検査でも問題ないみたい」

精索静脈瘤の手術は顕微鏡や腹腔鏡を用いて行うため傷口が小さく、最近は日帰りも増えている。瀧田はそれまで病院に縁などなかったのだが、今回の手術で「病院は便利なところ」と思ったそうだ。

便利なところ。本来、それが理想なのかも知れない。具合が悪い箇所をちょっと治してもらう、便利なところ。

「これがうまくいって子どもができたら、私が仕事との両立大変になるもん。実はね、亮が結構マジに主夫したがってるから、それもいいと思って」

　孝美の言葉を聞いて、美南はなるほどと思った。弁護士なら真夜中のオンコールなんかないだろうが、やっと司法修習が終わっていい事務所で働き始めて、これからって時に産休です、育休ですとは言いにくい。でも代わりに瀧田が子育てをしてくれれば、何も問題はない。瀧田は見た目こそ怖いが子ども好きのようだし、孝美は瀧田の分も代わりに働きそうだから、そういう夫婦の姿もアリだ。

「亮は一人暮らしが長いから家事全般できるし、いつもお金なかったから外食しない癖ついてんの。料理、上手いんだよ」

「そうかー。それはいいね、楽しみだね」

　美南は心からそう思った。孝美たちにも子どもができたら、美南も結も景見も、そして美南の両親もみんな喜ぶだろう。

「何とか休みが取れそうだから、一〇月の頭に手術お願いしようと思って」

　翌日いつものように保育園に行くと、さとみが声をかけてきた。

　不安そうに微笑するさとみに、美南はニッコリと笑った。

「そうですか。その前に痛みとか異常があったら、すぐキタソーに来てくださいね」

　GISTは大きさによっては腹腔鏡による手術も可能だが、さとみの腫瘍は大きめで、しかも胃の内側に出っ張るタイプなので、腹腔鏡だと場所が正確に把握しにくい。そのため今回は開腹手術をすることになっている。

「うん、ありがとうございます。そうだ結ちゃんママ、今月の保育料の引き落としができなかったんだって」

「え？」

「これ、請求書。今月中に振り込みお願いしますね」

美南の給与は都市銀行に毎月振り込まれるが、保育料の引き落としは指定の地方銀行に限定されている。そのため、面倒なので年に数回ある程度の金額をまとめて引落銀行に移している。それを忘れていたのだ。

「うわー、すみません！　すぐやります」

「あと、結ちゃんの着替えがもうないんで、明日忘れずにお願いします」

「あ、そうでしたね、はい！」

「それから結ちゃんがお遊戯会の時に被るお帽子、作りました？　覚えてる？」

「ひゃー！」

美南の顔色がどんどん変わるので、さとみは笑いだしていた。保育園に預けているからお弁当は免れるが、それでも子どものためにすることは多い。

ところが不思議なことに、同じように子どもたちを預けているキタソーの看護師たちは、そういった雑用を実にそつなくこなすのだ。例えば救急科の看護師の山種歩美は、二人の子どもの母親だ。上は中学生、下は小学生で、下の子は放課後そのまま学童保育に預けている。毎朝忙しくて大変だろうに、いつも綺麗に眉を整え、髪の毛を束ねて病院にやってくる。さらに小学校では保護者のクラス代表も引き受け、週末は必ずサッカークラブの練習や試合に付き合っているらしい。

美南と親しい内科看護主任の朋美（ともみ）は、二人の高校生の母親だ。ついでに農家を営む舅と夫と自分の分も合わせて、五人分の弁当を毎朝作っている。帰宅したら掃除、洗濯、また食事の支度と、年がら年中自分の時間と労力を費（つい）やして、誰かの身の回りの世話をしているのだ。

美南が見る限り、看護師は私生活でもマメでテキパキしている人が多い。医師は大抵腕のいい人でも勤務外の時間にはダラダラしているが、これは職業差か、男女差か……後者なら美南は私生活でもキチンとしていなければいけないということになるから、それは困る。

美南は世話をするのが結一人だけなので、小さくて手がかかるとは言えパニックになるほどではない。でも結は普段の言動からするととてもいい子だが、しょっちゅう悪戯（いたずら）をするのが困りものだ。

というのは、美南はこれにまんまとひっかかるからである。今までにもスニーカーの中に注がれた乳酸菌飲料に気づかずに足を突っ込んだり、ポーチの中身が全部出してあって、代わりにティッシュペーパーが詰めてあったのに気づかず、病院に来てポーチを開け、真っ白なペーパーがブワーっと飛びだしたこともある。

車の運転中に村木(むらき)が電話をかけてきたので、急いで車を道路脇に停めて電話に出た。

「安月先生、今どこですか？」

「もうすぐキタソー」

「じゃ、来たらまず救急に来てもらえますか？　術後イレウスの患者さんが来ています」

美南は眉をひそめた。村木は、また病名を勝手に決めてかかっているのではないだろうか。

医局で自分のデスクに鞄を置き、ふと中を見た時、全身の力が抜けて大きなため息が出た。鞄の中に茶色いクマのぬいぐるみが入っていたのである。

「結〜……」

笑ってくれる人もいない静かな医局で、美南は一人脱力した。

白衣を着て身分証を首から下げ、救急処置室に行くと、優花(ゆか)と数人の看護師が何か言いたそうに美南を見た。

美南はそのままベッドのカーテンを開けると、三か月ほど前に腫瘍でS字結腸を部分切除した田邊亜里沙(たなべありさ)という若い女性が寝ていた。傷んだ茶髪の付け根からは真っ黒な髪の毛が伸びていて、三か月前に来院した時から染めていないようだ。嘔吐(おうと)が酷いらしく、膿盆が顔の脇に置かれている。

「ここずっと便秘らしいです。腹部膨満もあるようですし、イレウスでしょう」

村木が自信たっぷりに言うと、亜里沙は顔を歪めながら村木を見た。イレウスとは腸閉(へい)

塞のことである。単純性と複雑性があり、複雑性は腸管への血流障害を伴うため、急激に症状が悪化することが多い。ただ手術からの経過期間を考えても、S字結腸の部分切除が関係しているとは考えにくい。

「ここ最近、イレウス多いんですよね。僕、続けて三人診ましたよ」

村木は得意げだったが、美南は自分で確かめるために無言のまま聴診器を耳にはめた。

「田邊さん、安月です。分かります？　ちょっとお腹診ますよ」

「あー、痛い！　痛い痛い、先生、触らないで！」

亜里沙はお腹のどこを触っても痛がった。

「ごめんなさい、もうちょっと下の方も見せて」

美南は亜里沙の下腹部を丁寧に診た。すると、足の付け根が赤くボコッと腫れあがっている。その近辺を少し押すと、一番痛がっている風だった。発熱があり、脈も速い。美南はX線とCTの検査結果画像を見比べてから、村木を廊下に呼びだした。

――いきなり怒ってはいけない。やらせる、考えさせる。

美南は五十嵐や弓座の教え方を思いだして、一度深く息をした。

「村木先生、やったのは問診だけ？」

「え？　はい」

「イレウスだと思ったのは、どうして？」

「どうしてって……問診の結果と、所見からもそう思ったので」

付け根を見た。

美南にそう言われて不安そうな表情になった村木は、足早に亜里沙のもとへ戻って足の付け根を見た。赤く腫れている。村木の顔が強張った。それから美南が無言のままモニターを村木の方に向けると、村木は目を細めて画面を凝視してから恐る恐る美南の顔を見遣った。

「……ヘルニアですか？」

美南が大きく頷くと、これを聞いていた亜里沙が身体を捩らせて二人を見た。

「え？　ヘルニア？　あたし、イレウスって病気じゃないの？」

「いえ田邊さん、やっぱりヘルニア」

――「やっぱり」って！

この言い方は患者に失礼過ぎる。美南は慌てて言葉を足した。

「大腿ヘルニアのようですね。飛びだした腸がお腹に戻らなくなってしまっているので、手術になります。今からちゃんと説明しますね」

美南が亜里沙の目の前に座った。村木が無言で動揺を顔に出している間に、看護師たちは「手術」の一言で一斉に動きだした。ある者は院内電話をし、ある者は救急処置室を飛びだしてどこかへ行き、ある者は術着を持ってきた。

「この画像を見てください」

大腿ヘルニアは、足の付け根の血管を包んでいる大腿輪という場所に、腸管が入り込んでしまうことだ。入り込んだ腸が元に戻らなくなった状態を嵌頓といい、大腿ヘルニアが嵌頓することは多い。この元に戻らなくなった部分が壊死すると致命的な場合もあるため、しばしば壊死した部分を取り除く緊急手術を要する。

　美南は亜里沙に説明しながら、村木もちゃんと聞いているか確認した。だが村木は心ここにあらずという風に、かなりの動揺を見せていた。いや、むしろ動揺というより、意地になって聞いていない風を装っている感じだ。

「じゃ、村木先生、同意書お願いします」

　美南がそう言ってその場を去る時も、ずっと村木は顔を強張らせていた。

　村木は、問診しかしなかったのだ。亜里沙からどこがどう痛いかを聞き、近々で何回か経験したイレウスと同じような症状だからと、またイレウスだと思い込んでしまったのだ。挙句、指導医や他の医師に確認を求めることもなく、例によって病名をベラベラと患者に伝えてしまった。

　美南は基本的な診察もしなかった村木に怒りを覚えたものの、本人が何を失敗したか分かっているようだったので、今はグッと堪えて感情的にならないようにした。それに場合が場合だとは言え、自分も弓座たちほど上手に教えることはできなかった。村木には再度ちゃんと話をしなければならないだろう。

　亜里沙の緊急手術には、五十嵐と優花を助手に入れた。大腿ヘルニアの手術は脱腸した部分を戻して、必要があれば脱腸した穴を人工の網などで塞ぐ。嵌頓ヘルニアも基本的には同じだが、壊死している腸管などがあればそこを切除する。

　五十嵐はマスクで顔は隠れていたが、叩き起こされたばかりだからか、明らかに一度大きなあくびをした。一方優花は確かに四角四面で、手術も事務手順をしっかり踏まないといけないと考えているのかも知れないが、興奮しているのか美南が信用できないのか、普段より落ち着きなくあれこれと尋ねてきた。

「安月先生、大丈夫なんですか？　やったことないんですよね？」

「大腿ヘルニアの執刀をしたことがないってだけ。助手ならやったことあるよ」

「手順の確認とかちゃんとしたんですか？」

「大まかにはね。緊急オペだから、完璧には無理だけど」

「弓座先生に許可取らなくていいんですか？」

「だから、緊急だから」

　美南は無視をしていたが、優花があまりにもしつこいので五十嵐が「ね、ちょっと黙ってて」と制すと、意外にもピタッと黙った。美南は舐められてたまるかという気持ちで、優花にしっかりと自分の手際を見せるつもりで、細心の注意を払って丁寧に執刀した。

　優花はその後も美南の手先と表情を盛んに見比べ、しばしば執刀箇所の周辺を見ては、「ここの出血、とめるんですか？」とか「これ以上剝がしたらダメなんですよね？」と質問を浴びせてきた。

　美南は優花をうるさいな、と思いながら、ふと感じた。美南は優花にさっきから一度も声をかけていない。つまり優花はこちらがやって欲しいことをいちいち言わなくても、自分から進んでちゃんとやっているということだ。

優花は口のきき方こそうざったいが、美南が見ていない周りの部分やこれからやろうとすることを少しずつ先々に捉えている。これで耳栓をしていれば、よく気がつくいい助手だろう。これはきっと、優花がシングルマザーに育てられたということもある。母親を手伝いながら、対等な協力者として口だけでなく手も出すことに、きっと慣れているのだ。

亜里沙のヘルニアは思ったほど大きくはなかったが、脱出した腸管部の膨隆が酷く、虚血が進んでいたので切除した。手先の器用な美南は、手順さえちゃんと分かっていれば上手に手術を進めることができる。時間にして一時間ほどの短い手術だ。

「血圧一一八の八八、脈拍七〇。バイタル安定してます」

モニターを確認した若桝が終了の合図のようにそう伝えると、みんなが一斉に小さなため息をついた。

「五十嵐先生、あと頼むね」

「ほーい」

縫合を五十嵐に任せて手術室を出ると、時計を見た。九時一五分。外科の外来診療は九時から始まっているが、まだそれほど経っていないので今からもう一つ診察室を開けても間に合う。きっと今は小池が担当している診察室一つだけで、大忙しだろう。

美南が片付けをしていると、五十嵐が最後の処置を終えて話しかけた。

「安月先生、さすがっスね！　俺、いきなりであんなに綺麗に切除できねーっスわ……あ、やべー」

五十嵐はゴム手袋を勢いよく使用済み術衣入れに放り投げてから、慌ててゴミ箱に頭を突っ込んだ。いつもの姿だ。だが、これをあの几帳面な北崎もよくやっているのは不思議だ。

「五十嵐先生、何でそれいつも間違えるの？」

「だって術衣入れとゴミ箱、大きさも色も似てません？　置く場所も結構適当だし、ほら、『使用済み術衣』って書いてあるこの字、薄くて読みづらいんですよ」

「いつも間違えるんだから、確認してから放ればいいのに」

そう話しながら、美南はふとあることに気がついた。

後ろから出てきた優花が頬を赤らめて恥ずかしそうに、まるで見ていないかのようなふりをしながら、横目で五十嵐を見ていたのである。

――あー、そういうことか！

美南はすぐに納得した。五十嵐は見た目も芸能人並みにカッコいいし、何と言ってもこの穏やかな性格がいい。さすがの優花も、この人の魅力には勝てなかったか。

美南が変にニヤニヤするので、優花は腹を探られた気がしたらしい。

「何ですか？」

「いや、何でも。あ、外来行かなきゃ！」

美南は慌ててその場を去ったが、何だか一日中うきうきしていた。優花も人の子だったか。そう言えばあれは夏だったか、医局で二人きりで優花が五十嵐に何か教わっている時、美南が入っていったら優花がはっきりと迷惑そうな顔をした。あれはそういう意味だったのか。あの時には、優花が五十嵐の前では素直な後輩に見えたものだった。

夕方、保育園に結を迎えに行くと、さとみがカーディガンをかざした。

「結ちゃんの鞄に入ってたの、これ、先生のカーディガンじゃない？　お気に入りのぬいぐるみがないって探してたよ」

「ありゃ……」

美南の肩の力が抜けた。美南の鞄にぬいぐるみが、結の鞄に美南のカーディガンが入っていた。犯人は結ではなく、美南だ。単に入れ間違えたのだ。

「思い込みって怖い……鞄の中にぬいぐるみを見つけた時、結が悪戯したもんだとばかり思いました」

「結ちゃん、危ないところで意味もなく叱られずに済んだってわけね。そうそう、それからこれ」

さとみは笑いながら、小さな名刺のようなカードを取りだした。見ると、美南のキタソーの身分証だ。

「え？　何で？　私、何を」

慌てて鞄の中に入れたはずの身分証を見ると、おもちゃの運転免許証が紐の先のとめばさみにくっついていた。そこには美南の顔写真ではなくうさぎのイラスト、名前には「うさこ」と書いてある。運転手さんごっこセットについていたやつだ。

美南は顔から火が出る思いがした。そう言えば救急処置室に入った時みんなが一斉に変な目で自分の方を見たが、それがこのカードだったのだ。

「結〜！　やだ、何で誰も言ってくれなかったんだろう？」

真っ赤になっている美南を見て、さとみは大笑いをした。

2

九月の終わりになる頃、美南は一日休みを取って今度はCDの見学に行くことにした。とは言え保育園へ結をお迎えに行く時間には帰ってこなければならないのであまり時間的余裕がないため、友人たちには言わず、見学は救急科一つだけに絞った。

このことを前日に医局で弓座に伝えると、「え？　救急に決めたの？」と驚かれた。

「いえ、一〇〇％ってわけじゃないんですけど」

「CDの外科のことなら、旦那さんに聞けるしね」

脇から高橋がそう口を挟むと、弓座も「そうか、そうだね」と同意した。

「それにしても、安月先生は救急か。外科だと思ってたからちょっと残念だな」

いつも飄々（ひょうひょう）としている弓座が素直にそう言ってくれたのが感動的に嬉しくて、一瞬美南の決意が揺らいだほどだった。

ところが弓座の隣で一緒にカルテを眺めていた若桝が、いきなりこう言ったのである。

「明日行くの？　じゃ、吉川先生に言っといてやるよ」

吉川というのは、ＣＤの救命救急センター長の名前だ。

「え？　若桝先生、センター長とお知り合いですか？」

「うん、俺がＣＤにいた時の上級医だった」

「はっ？」

美南は大きな間抜け声で聞き返してしまった。

──若桝がＣＤにいた？　いや、だが出身大学は違うはずだ。

若桝は想像通りの反応をした美南の顔を見て、嬉しそうにニヤリとした。

「知らなかった？　俺、この病院の前の前、ＣＤにいたのよ。三年間」

「えーっ！」

美南があまりにも大きな声を出すので、弓座が眉をひそめて「うるさいよ」と呟いたほどだった。若桝は残念ながら美南が入学する前に他の病院に移ったそうで、景見とも時期が被っていないらしい。どうりで、知らなかったはずだ。

「僕も前の病院までしか知らなかったよ」

高橋が笑うと、若桝は「戸脇先生も知らないんじゃないですかね」と言った。

「それにしたって、どうして教えてくれなかったんですか！　先生に伺えば済んだことだってたくさんあるのに」

「その方が面白いから」

若桝がケロッとそう答えたのがあまりにもらしくて、美南は絶句した。世間は狭い。いや、大学病院の数など知れているから、こういう偶然もたまにはあるのだろうか。

翌日、結を保育園に預けてから高速道路を飛ばしてCDに向かった。高層ビルの谷間や、近未来的に立体交差する狭く危なっかしい首都高速道路を抜け、都心を過ぎて建物が低くなってくると、間もなくCDだ。高速道路の出口からは、ナビゲーションなどなくても道が分かる。

山を切り開いた片田舎にある片側一車線の道なのにいつも渋滞している交差点を過ぎると、かなり古い建物群が丘の上に見えてきた。CDだ。遅々としてではあるが建て直し計画が進んでいて、本館も数年内には新築されるはずだ。朋欧医科大と違ってあちらこちらに散らばる猫の額のような空き地の入口には「聖コスマ&ダミアノ医科大学病院来院者用駐車場」という看板が立っていて、どこも来院者の車がギュウギュウに詰まっている。職員用駐車場は丘の上の本院と大学本館の隙間にあるが、今日の美南は来院者なので遠くに車を停めた。

坂道をてくてく歩いて上っていると、舗道の脇を救急車がサイレンを鳴らしながら通り過ぎていく。次々にターミナルに入ってくるバスからは、大勢の患者や面会者が降りてくる。懐かしい、この朝の喧騒(けんそう)。

事務部に行って書類を受け取り、少し説明を聞いた。施設については大体知っているだろうということで省略され、勤務条件や福利厚生など、学生の頃には縁のなかった話だけかいつまんで説明してくれた。

　ＣＤはもともと女子学生が多く、看護学校が併設されていることもあって、女性職員に対する妊娠や出産などの支援が充実している。託児所は院内にあるし、時間外保育を委託している託児所も近くにあって、勤務が延長された場合は連絡すればこの託児所が院内託児所に子どもを迎えに来て、そのまま帰宅時間まで預かってくれたりするそうだ。

「この託児所は学童クラブも運営してますから、小学校中学年くらいのお子さんを預けている方もいらっしゃいますよ。学童クラブでは、お子さんたちは希望によってスポーツや英語なども習うことができます」

　事務員がそう教えてくれた。これは便利だ。しかもＣＤならば、最悪の場合美南の両親に結の世話を頼むこともできる。美南の心が大きくこちらに傾いた。

　その後資料をもらってから救命救急センターに行くと、白髪混じりの男性医師が救急治療室の窓越しに美南を見つけ、部屋から出てきて声をかけた。

「安月先生？　北関東相互（きたかんとうそうご）病院の？」

センター長の吉川だ。昨日ＨＰの写真で見たから、美南も知っている。

「はい、安月美南と言います」

「今事務部から連絡があったよ。それに、若桝先生からもメールもらってる。どうぞ、中に入って」

一礼しながら治療室に入った。朋欧医科大病院と同じようにズラリと病床が並び、そのうちの幾つかでモニターや心電図が電子音を立てている。ベッドとベッドの間では、医師や看護師、検査技師が小走りで動き回っていた。吉川のスクラブは汗で濡れ、額や鼻の頭にも汗が光っている。

「ごめんね、今ちょっとドタバタしてたから。若桝先生、元気？」

「はい、いつも通りです」

「はは、いつも顔色が悪いから分からないだろ。ここが救急外来治療室。それからほらこっち、ついてきて」

吉川は、手際よくセンター内を案内してくれた。センター内には救急外来治療室の他緊急手術室、緊急検査室、ICU、HCU（高度治療室）などがあり、緊急検査室にはX線、CT、血管撮影、内視鏡設備などが調っている。センターだけでキタソー一つ分くらいの施設だ。CDはDMAT指定病院だが、ドクターヘリは発着場の土地がないので持っていない。だが代わりにドクターカーの数は多い。

「本館を建て替えたら、屋上がヘリポートになる予定。ドクターヘリ買うらしいよ」

吉川はそう言って天井を指した。

CDの救急搬送は一日平均一四名だから、朋欧医科大と大体同じだ。だが医師の数もほとんど同じ一六名なのに、病床数は朋欧医科大のちょうど倍の四〇床。結構忙しそうだ。

それに救急外来者数は朋欧医科大の六分の一と極端に少ないのに、心肺停止搬送数は三倍以上もある。つまり救命救急センターに自発的にやってくる患者は少ないが、非常に危険な状態で搬送されてくる患者は多いということだ。数字を読み解いただけでも都市部ならではの大学病院の姿が垣間見えて、なかなか恐ろしい。

「高速道路が二つあるから交通事故も多いし、人口が多い分色んな患者さんが来るよね」

資料を真剣に睨んでいる美南の心を見透かしたように、吉川がそう言った。

ＣＤの救命救急センターと言えば、大学二年の時だったか、教育棟の食堂のコックだった大竹が心停止して美南たちが必死に蘇生していた時、医師や看護師が担架を押しながら全速力で坂を駆け上って来てくれて、驚いたことがある。それから四年生の時、幼馴染の理佐の父親が倒れ、臨月の理佐とともに付き添っていたら、理佐はそのまま陣痛がきて出産してしまった。あの時の子は、もう保育園の年中さんだ。さらに五年生の時、老女が交通事故で搬送されたがそのまま亡くなり、廊下で小学生の女の子が泣き叫んでいたのも覚えている。あれは自分の経験と重なって辛かった。

そう、誰もが自分と同じだ。みんな暗い闇の中に煌々と光る病院の明かりに救いを期待して、ここに集まってくるのだ。ここには自分の原点となる思い出が散らばっている。美南は何だかしんみりした。

その美南とは対照的に吉川はあちらこちら忙しなく案内して回ると、一〇分もしたらまた治療室の前に戻ってきて「見学はこれで終わり。質問は？」と尋ねてきた。そこで美南は、聞きたかったことを素直に聞いてみた。

「育児中の女性の医師が救急科を希望するのは無茶ですか？」

　すると吉川は首を少し傾げた。

「『無茶』とは？」

「女性は力が弱いとか、子育て中だと時間的制約が多いとか……何というか、適していないでしょうか」

「あー、そういうこと。女性が適してないなんてことはないよ。うち、三分の一は女性だよ。みんなテキパキしてるし、しっかりしてる。ただ条件として腕っぷしが強くないと。心臓マッサージすることが多いから」

　それは大丈夫だ。美南は九キロの結を時には片手で抱えながら、お皿や鞄を運んだりしている。身体を使うこともトレーニングも好きだから、必要ならばもっと鍛えることも厭(いと)わないくらいだ。

「それに何だっけ、子育てか。確かに今は子育て中の人はいないけど、育休取った医師は前にいたよ。男性だけど」

「へー！　そんな方もいらっしゃるんですか」

　美南は目を丸くして驚いた。

「うん、珍しいけどね。それに子育て中なら、日勤だけにすればいいじゃない。うち、救急科だけは二交代制だから。ここは勤務時間がキッパリ分かれてて、その割に給料がいいからお勧めだよ。誰だって命削って働きたくはないでしょ？　じゃ、試験しっかり点取ってね！」

遠くから救急車のサイレンが近づいてくるのが聞こえると、吉川は早々に説明を切りあげた。

「あ、あの、お忙しいところありがとうございました」

「若桝先生にもっと頻繁に連絡よこせって言っといて！　飲みに行こうって！」

吉川はそう言って振り向きざまに手を振りながら、救急外来治療室内に走り込んでいった。

事務部に行ってお礼を言い、少し病院の周りを歩き、正面玄関にある担当医一覧を眺めた。医師がたくさんいる大学病院では美南の代はまだ外来担当にはならないが、少し上の先輩や美南が臨床実習の時お世話になった医師の名が結構ある。これなら、戻ってきてもそれほど居心地悪く感じないかも知れない。

病院を出て数歩行ってから、美南は立ち止まって一つ深呼吸をした。消化器外科や産婦人科、興味のある科は幾つかある。だが自分が医師になったきっかけと理由を考えると、どうしても救急科に行きついてしまう。縋るような思いで目の前に飛び込んできた患者を、あらゆる知識と能力を尽くして助けようとする。美南がずっと思い描いていた医師像は、いつも救急科のイメージだった。

それに心臓や目、肝臓といった特定の領域だけを深く学ぶより、様々なことを広く知り、色々やってみる方が好きだという点でも、救急科の方が好ましい。一人の患者を長く抱え込まないのもいい。患者との距離を取るのがあまり得意ではなく、思い入れ過ぎて疲れてしまうタイプの美南には、一人の患者とじっくり付き合う内科系は辛い。

そして、イレギュラーな時間的拘束がほとんどない点も大きい。景見が専門とする心臓外科は手術時間が非常に長く、普通一〇時間を超える。脳外も消外も長い。このような外科系や、医師数が少ないので一人がとてつもない患者数を抱えなければならない血液内科などでは、医師の勤務時間は殺人的になることがある。

そもそも景見が働くアメリカでは医師の平均労働時間は週四〇時間前後だが、日本では二五〜三四歳男性医師の労働時間は週当たり八〇時間、同女性医師は七五時間を超える。過労死認定基準が週六〇時間だから、これは間違いなく命を削る数値だ。

それに美南には、美南の世話を必要とする結がいる。例えば美南の具合が悪くても、一歳児の世話を休んで寝ているということはできない。だから絶対に身体を壊してはならない。こうやって色々考えると、救急科がやはり魅力的だ。

駐車場へ向かっていると、遠くにある研究棟から病院棟への渡り廊下をガリガリの猫背医師がｉＰａｄを抱えてせかせか歩いているのが見えた。

あの歩き方は帯刀だ！　美南は首を伸ばして凝視した。細すぎて、白衣がコートみたいになっている。

――うん、帯刀くんだ！　やっぱりＣＤに帰ってきたんだ。相変わらずみたい。

慌しく病院棟へ入っていった帯刀を見ながら、美南は同窓会に行った時のような気分になった。

　その夜美南が景見にＣＤに行ったと伝えると、景見が少しいじけた顔をした。

「何だよ。言っといてくれれば、救命救急には仲いい同期も先輩もいるのに」

「だから言わなかったの。みんなにジロジロ見られるの、嫌だもん」

　美南が口を窄ませると、景見は「それもそうだけどね」と苦笑した。

「で、どうだった？」

　それから、景見は知っている答えを確認するかのように美南の顔を覗きこんだ。美南ははっきりと答えた。

「うん、ＣＤの救急に一番行きたいかな」

　翌日、医局で若桝に吉川からの伝言を言うと、若桝は苦笑した。

「飲みに行く？　やだよ、吉川先生忙しないからペース速くて、一気飲み大会みたいになるんだもん」

　どうやら、吉川は誰もが認めるせっかちらしい。

　その数日後のさとみの手術の日、ちょっとした事件があった。いや、むしろ事故だ。五十嵐が普通に歩いていて、何てことのない階段を一段踏み外し、足首を痛めたのである。五十嵐らしいと言えばそうだが、スポーツが得意なだけに意外と言えば意外でもあった。

「それで、具合はどうなんですか？」

心配そうにそう弓座に聞く優花の真剣な表情を見て、美南はついニヤついてしまった。だが優花はせっかく五十嵐と一緒に手術の助手を務めるはずだったのに、美南に代わったのは少し申し訳なくはあった。山田によると五十嵐のケガは大したことはなく、二、三日もすれば松葉杖なしでも歩けるだろうが、今日はずっと立っていなければならない手術はやめなさいとのことだった。

美南が五十嵐の代わりに第一助手を務めることになったので、北崎は不機嫌丸出しだった。はっきりと理由も分からずに明らかに嫌ってくる医師の助手をするのは、精神的に辛いし無駄に緊張する。美南は気にしないことにして急いで手順や病状の確認をした。

北崎の手技を見ることに集中していればいいのだ。この医師の性格だの振る舞いだのは頭の中から排除して、ただ学ぶべきことだけを学べばいい。美南は、必死で自分にそう暗示をかけた。

手術は予定時間が二〜三時間。結は七時まで延長保育を頼むことができたので、そのことも考慮して、弓座が四時半の手術開始予定を一時間早めて三時半にしてくれた。

「北崎先生、私の都合で手術時間を変えて頂いて、申し訳ありません」

手術中の雰囲気があまり悪くなっても困るので、取り敢えずこの時間変更については謝罪しておこうと思い、美南は眉間に皺を寄せたままカルテを睨んでいる北崎の傍に行ってそう頭を下げた。すると北崎は露骨に迷惑そうな顔をしてこう言った。

「えー？　それはしょうがないだろ？　そんなことグダグダ言ってる時間があるなら、他にすることあるでしょ？」

その言い方が強かったのか声が大きかったのか、遠くにいた梅林大の医師たち数人が顔を強張らせてこちらを見たほどだった。

――嫌だなあ、こんな雰囲気でオペするの。

胃が痛くなる気分だった。

手術前に病室に行き、手術時間の変更について謝りついでにさとみの様子を見たところ、さとみはいつも通りニコニコしていた。ベッドの隣には、母らしき女性が座っている。

「やっぱり緊張してるのよ。痛いのが大っ嫌いだから……手術の後、麻酔取れたら痛いんでしょ？」

「うーん、まあそれは……でも、日ごとに楽になるから」

「やだなー。ねえ結ちゃんママ、私のお腹見て『脂肪多いな』とか思わないで！」

美南とさとみが笑うと、母親は苦笑しながら「またあんたはそんなことを」と言っていた。

ところが、驚いたことにさとみがこんなことを口にしたのである。

「主治医の先生、優しそうね」

「えっ？」

北崎のことだ。さとみの執刀医で、主治医でもある。北崎が優しい？

「うん。すごく親切だし、心配してくれたけど……何？　普段は怖い先生なの？」

驚きのあまりしばらく口を開けていた美南を見て、さとみは不思議そうだった。

優しい？　何でだろう？　さとみが若くて可愛らしくて、北崎の好みだったとか？　そう言えば、北崎は独身だ。いや、そんな下世話なことではないかも知れない。さとみのふわっとした明るい性格が、北崎の心を優しくしたとか？　ということは、自分は性格的なところで嫌われているのか？

もっと素直に考えて、北崎は手術の時以外はそれほど厳しい先生ではないのかも知れない。いや、医局でのあの態度は十分厳しい。では患者さんには優しいのか？　それは考えられる。

美南の頭の中で、色々な考えがグルグルと廻った。すると、ふとさとみが言った。

「でもあの先生、何だか目が痛いみたいな仕草してたよ」

「目？」

「うん、ここの明かりをつけた時眩しそうに目を閉じて、それからしばらく痛そうにしてた。『ちょっとすみません』って言って、目を押さえたり」

「へえ。目に傷でもあったのかな」

ゴミが入ったまま目を擦ってしまったりして、眼球に傷がつくことはよくある。特にコンタクトレンズをつけている人には珍しいことではない。北崎は確かに時々目を細めたり瞬（しばた）いたりしているが、コンタクトレンズが合わないのだろうか。

――いや待てよ、あの先生分厚い眼鏡かけてるよね？

三時半になって、予定通りさとみの手術が始まった。今日の麻酔科医は若桝ではなく、非常勤で手術の時だけ来る医師だ。これも美南には不安材料だった。若桝なら北崎の態度が変にエスカレートすれば注意の一つもしてくれるだろうが、非常勤の医師ではそうはいかない。

一般的に麻酔科医と産婦人科医はいつでも人手不足なので、フリーランスの非常勤が多い。新しい専門医制度になってから麻酔科医は同一施設で週三回以上勤務しなければ資格が更新できないことになったので、あちらこちらを転々とするフリーランスは減少すると見られるが、それでも需要の大きさを考えたら今後も複数の施設で非常勤をする麻酔科医はいるだろう。

手術室に入ってきて立ち止まり、大きな眼鏡の奥からゆっくりと部屋中を見渡した北崎は、手術台まで歩み寄ると、さとみの腹部をジーっと見た。それから再び周りを見渡すと側にあるワゴンをトントンと肘で叩き、器械出しの看護師に「邪魔」と呟いた。器械出しとは、医師に必要な器械や器具を渡す役である。

「あ、はい、すみません！　ちょっと、北崎先生の時は、ここに置いちゃダメだって言ったでしょ！」

器械出しが外回りにそう言うと、外回りが慌てて「すみません！」とワゴンを動かした。外回り看護師は術前術後にもやることが多いが、手術室では物品の補充をしたり、出血量を確認したりする役を担う。

開腹手術というとお腹をスパッと切り、中に整然と並ぶ内臓に簡単に辿り着くイメージがあるが、実際はとんでもない。テレビでよく見るようにメスで表皮を切るのは、最初だけだ。その後は肝心な臓器の周りに立ちはだかる血管や神経が入り混じっている脂肪を「これは切っていい」「これは切ったらダメ」と細かく判断しながら丁寧に切り開く作業が、手術時間の大半を占めるのである。

ところが手術開始後すぐ、美南はちょっとした失態をした。吸引器からホースが伸び、その先に吸引嘴管（しかん）という器械がついていてそれで術野の出血を吸うのだが、その嘴管をうっかり床に落としてしまったのだ。

「あっ！」

一度床に接触したら、その器具はもう使えない。嘴管はそう何本もある物ではないが、外回り看護師が急いで替えの嘴管を持ってきて取りつけてくれた。

「すみません」

看護師たちは美南がいつもは失敗しないのを知っているからか、別段気にとめている風ではなかった。北崎も美南を睨んでいたが、その時は何も言わなかった。だがこれですっかり調子が狂い、美南は気分的な余裕をなくしてしまった。

脂肪をモノポーラと呼ばれるホックのような電気メスで引っかけ、明かりに透かして見る。中に太い血管や神経があったらそこは切れないが、小さい血管だったら切る。モノポーラの先が熱を持っていて、切った瞬間に切断面を焼いて止血できるようになっているのだ。そんな風にちまちまと確認しながら、術部目指して切り進めていく。

北崎は時々「邪魔だ、退かせ」と言わんばかりに、鉤引きをしている優花の手を手首でグイっと押した。

「すみません！」

手術室に、優花の声が響く。それもまた、美南の緊張を助長した。

美南は吸引嘴管で出血を吸っていたが、とにかく北崎の手の動きが速いので、必死でそのスピードについていこうとした。だが慣れていないので、どうしてもその分雑になる。すると勢い余って嘴管の先がメスに触れてしまい、北崎が「あー！」と大声を出した。

「すみません！」

美南の額に汗が浮かび、看護師が拭(ふ)いてくれた。

電気メスで皮膚や脂肪を焼くので、手術室に悪臭と煙が漂う。本来なら美南がメスのすぐ側に嘴管を置いて煙を吸えばそれほど煙たくはならないのだが、さっきメスに嘴管をぶつけて怒られたからあまり近づけたくないし、そもそも今日の美南は出血箇所を追いかけてばかりで煙にまで気を配る余裕がなかった。

ところが煙に視界を遮られる北崎は、眉をひそめて何度も顔を背けたり目を細めたりしていたが、遂に大声で怒鳴った。

「おい、見えないんだよ！　何のために吸引持ってんだ！」

耳元で突然大声で怒鳴られると、美南は驚いてピョンと飛びあがり、大きな目をさらに見開いて北崎を見た。煙は確かに漂ってはいたが、北崎が見えなくなるほど酷いとは美南は思っていなかったのだ。

「はい、すみません！」

美南はそれからは幸い怒られなかったが、自然と北崎から腰を引くような体勢で立っていた。北崎が美南を怒鳴った声によほど恐怖を感じたのか、鉤引きをする優花の手が小刻みに震えている。北崎はいつものように縫合まで自分でやり、それから何も言わずにさっさと不機嫌そうに手術室から出て行ってしまった。

扉が閉まると、美南も優花も看護師たちも、一斉に大きなため息をついた。

「すみませんでした、私、今日は随分ポカが多くて」

美南が看護師たちに頭を下げると、看護師たちは苦笑した。

「いや、まあ、北崎先生はいつもこんなですから」

「今日は若桝先生がいなかったから、遠慮もなかったみたい」

それから優花にも「石川(いしかわ)先生もごめんなさい、怖がらせちゃった」と声をかけると、優花は作り笑いさえせずに、震える左手を右手で握っていた。

「いえ……大丈夫です」

それがいつもの優花らしくなくて、美南は一層申し訳なさを覚えた。

とにかく、ドッと疲れた気がした。無意識に北崎から腰を引いて立っていたせいか、右の背中から腰にかけてが攣(つ)るように痛い。

外回りの看護師が片付けをしていたので、ちょっと聞いてみた。

「北崎先生って、オペの準備にも色々細かいですか」

するとその看護師は「えーえ、それはもう！」と大きな声を出した。

「ワゴンの配置からオペ台の場所まで、ものすごく面倒臭いです。術前術後の患者訪問でも、聞いてない項目が一つでもあると人格否定されるみたいな視線で睨まれるし、オペ中の患者さんの体位変換に手間取ると器具でワゴンの端とかをカンカン叩いたり、物品補充がちょっと遅れると病院が吹き飛ぶような大きなため息つくし……別に、どれも患者さんの命にかかわるような問題じゃないんですよ？　ホント、北崎先生のオペの担当すると、寿命が三年くらい縮まる気がします。しかも最近、どんどん酷くなってるんじゃないですか？」

これを聞いて美南はホッとした。北崎に疲れるのは、自分だけではないらしい。

美南が手術室から出てきて手袋をゴミ箱に捨てようとすると、手術着が入っていた。これをやるのは北崎か五十嵐しかいないから、この手術着は北崎のものに違いない。こんなところはヌケているくせに、手術には本当に細かくて厳しい人だ。

――「字、薄くて読みづらいんですよ」。

ふと五十嵐の言葉を思いだした。北崎はヌケているのではなく、視力が悪いのかも知れない。

3

一一月に入り、キタソーの周りの山々には冬が訪れ始めた。年配の患者たちは昔に比べると随分暖かくなったというが、東京育ちの美南には、この足元から凍りあがってくるような冷気は十分冷たかった。

「いーじゃないスか、安月先生ロス行くんでしょ、ロス！」

千葉出身で寒さが苦手な五十嵐が、この絶妙なタイミングの休暇を羨(うらや)ましがった。そう、美南はこの時期の祝日と週末を利用して一週間の休みを取り、ロサンゼルスに行くのである。

景見はこの前の週サンフランシスコに数日滞在し、その後ロサンゼルスに先に入って、何日か学会に参加している。だから空港までレンタカーで来てくれるそうだ。

飛行機に乗って、美南はガイドブックを片手にウキウキだった。

――ディズニーランド、ユニバーサル・スタジオ……シックス・フラッグス・マジック・マウンテンは結にはまだ無理かな。ナッツベリー・ファームの方がいいかも。あのハリウッドの大きな白い字が見えるところも行きたいし、俳優や女優の名前がある道……ウォーク・オブ・フェームだっけ、それからロデオ・ドライブでお買い物、サンタ・モニカの海岸も見てみたい。あとハンティントン・ライブラリーと天文台もいいってガイドブックに書いてある。えー、全部行けるかな？

ところが飛行機が離陸して間もなく、突如として結が悲鳴に近い大声で泣きだした。ビックリして隣を見ると、パニックになって大粒の涙を流しながら小さな手で両耳を押さえている。

「そうか、お耳痛いか、うっかりしてた。ごめんごめん結、ほら、ジュース飲んでごらん」

美南は慌ててジュースを差しだしたが、結は動揺しているので見向きもしない。あまりにも全力で泣いているので、周囲の乗客の何人かが迷惑そうにこちらを見た。そこで結の鼻と口を押さえたところ、隣の乗客が仰天して美南を見た。だがこうすることによって子どもが暴れ、声を発しようとして耳に空気が行くので、一瞬で耳抜きができるのだ。

「ほら、もう痛くない」

美南がそう言って手を離すと、結は不思議そうに目を丸くして、それからすぐに安心してにっこり笑った。

これは飛行機の発着時に起きる現象で、気圧が急激に変化するため、鼓膜の内と外の気圧の調整が追いつかなくなり、鼓膜が引っ張られて不快感を覚えるものだ。大抵は耳抜きをすればすぐに治るが、中には悪化して航空性中耳炎（ちゅうじえん）になる場合もある。結は初めて飛行機に乗ったので、耳がいきなりおかしくなったことに動揺したのだろう。

そう言えば二年前、ボルチモアに向かう飛行機の中でアナフィラキシー・ショックの子の治療をした。「お医者さんいらっしゃいませんか」というヤツだ。思えばあれが、美南にとって初めてのひとりだけで行った救急医療だった。あの時は本当に怖かったが、今ならもっと冷静に対処できたに違いない。やはり二年は大きい。

一歳児と飛行機に乗るのはなかなか大変だ。そもそも狭いシートに、子どもが一〇時間以上も座っていられるわけがない。だから移動中の夕方から夜にかけても遊ばせたり歩かせたりして疲れさせ、夜遅くの便に乗ったのだが、興奮してしまったらしくてどうにもならない。映画やテレビを見せても、すぐに飽きる。子どもに睡眠薬を服用させる人もいるという話を聞くが、それも然り、念のために持ってくれば良かったと後悔した。

「大きな声を出すと、お化けが来る！　シーッ！　そーっとしゃべるんだよ、そーっと。秘密のお話しよう」

結局こんな訳の分からないことを言って何とか小声で話をさせ、適当に作りあげた童話を聞かせたり、手遊び、絵本、ゲームとありとあらゆることをして相手をしていたので、結が寝入った途端美南もグッタリして爆睡してしまった。

何とかロサンゼルス国際空港に降り立ち、メッセージで言われた通り出口から真っすぐ外に出ると、路上駐車している車の列と、到着便待ちの人々がちらほらと立っていた。美南はその中でスマホを片手にこちらを見ていた白いＴシャツと青いデニム姿に黒いキャップの、ガタイのいいアジア人をすぐに見つけた。

「先生！」

美南が結を抱えたまま手を振って走りだすと、景見は手にあったスマホをポケットに入れ、大きく両手を広げた。

「美南！　結！」

「先生ー！　久しぶりだあ！」

美南はその大きな胸に飛び込んで、景見の胸板と匂いを感じた。

――あー、先生だ。うん！

「どう？　飛行機大変だったー。結が興奮しちゃって」

「大変だった？」

景見は結を抱きかかえると、顔を覗きこんだ。

「結、大きくなったなー！　パパのことちゃんと覚えてる？」

結は不思議そうに小さな手を伸ばし、景見の顔を触った。

景見と再会したのは久しぶりだ。もちろん普段からテレビ電話で顔は見ているが、こうして生で会うと景見はこんなに背が高かったか、腕はこんなに太かっただろうか、声はもう少し高くなかったかなどと記憶との整合を始めてしまう。前回よりもいっそう慣れた風に左ハンドル車を扱う姿もまた、なんだか別の人を見ているような気がする。

その日は半日しかなかったので、ビバリーヒルズを見たりサンタ・モニカの海岸を歩いたりした。だがサンタ・モニカの桟橋（さんばし）はテレビドラマで見た風景とは全然違って、観光客と建ち並ぶ店に溢れ、まるで原宿（はらじゅく）の竹下（たけした）通りのようで、ムードも何もなかった。

それでも浜に降りると、景見は結を片手で抱きながら気持ちよさそうに目を細めて海を眺め、「海、久しぶりだなあ」とか「こっちは暖かいなあ」などとのんびり呟いていた。

「仕事、大変？」

浜辺のシーフードレストランで夕食を摂りながら尋ねると、景見はそれをすぐに「いや、いつも通りだよ」と否定した。

「そう？　ならいいんだけど、何か疲れてるみたいだから」

美南は気にしていない風を装って、結の口にスプーンを運んだ。どう見ても疲れている風だが、そのうちに話してくれるだろうと思ったのだ。

景見はそれを知っているのか、しばらくじっと美南を見ていたが、それからふと口を開いた。

「引き抜きの話があるって言っただろ？　それから、色々考えててね」

「考えた？　何を？」

「今後のこと。昨日もさ、大学病院にいた時の同僚と学会で会って食事したんだ。そいつ、去年俺が北ボルチモアに移った後に辞めて、こっちでフリーになったんだけど」

フリーランスの医師は、アメリカでは珍しいことではない。そういった医師の多くは机一つの自分だけの小さなオフィスを持ち、どこかの病院と契約して働いている。フリーランスの医師専用のオフィスビルもあるほどだ。勤務形態としては一か所の病院とフルタイム契約をして常勤で働いたり、数か所で非常勤や夜勤のみという形の勤務をしたり、色々だ。病院によっては最低数以上は自分で医師を抱えないで、できる限り契約医師で賄っているところもある。

これは訴訟社会でもあるアメリカでは、都合がいいシステムなのだろう。医師が何か問題を起こしたら、病院側はただ契約を切ればいい。一方の医師の側としてもそのリスクの分給料が良くなるし、夜勤のみとか土日は必ず休むなどといった様々な条件に合わせて仕事を選び、自分の勤務スケジュールを作成できる。例えば弓座のような医師なら「手術関連のみ」という契約にすれば、会議に出たり研修医を指導したりといった雑務に時間をとられることもない。景見が働く病院でも半数がフリーランスだそうだ。

「前もちょっと言ってたよね。日本でもそういうことがうまくできるといいけど、まだ難しいだろうね」

「それな。まず、受け入れる病院側が二の足を踏むだろうね。スケジュール組んだりするのが大変だし」

美南はフリーランスの働き方を全然知らないのだが、景見によれば、日本でも「毎週月、木」などと勤務日をある程度定めた「定期非常勤」、外来や宿直など単発の「スポット」という働き方があるそうだ。定期非常勤は半年から数年単位で契約をし、スポットはその日ごとで時給制のことが多いが、どちらも時給に換算すると常勤よりも高い。

フリーランスは自分でスケジュールを組める分時間が自由になるし、スポットが多ければ人脈も広がる。だが逆に収入は不安定で、ボーナスはなく、健康保険の手続きや確定申告などの雑務も全部自分でこなさなければならない。それに出世というものがない分、権威も上がらない。つまり何十年経っても、給料が変わらないこともあるわけだ。

それでも景見は、フリーへの道を模索し続けている。以前それは家族のためだと言ったが、そのためだけに今までの全てを捨てるというような盲目的な決断ではないだろう。きっと他にフリーになりたい理由があるはずだ。

「うまくできるなら、雇用形態としては先生に向いてるのかも知れないけど……」

「うん。いいシステムだよな」

「でも、外科医は難しそう」

外科医は手術の前からその患者に接して病状を確認し、チームを組むスタッフと綿密な打ち合わせをし、術後も容体が安定するまで見届けなければならない。突然手術室に現れてスパッと切り、颯爽（さっそう）といなくなるというようなことはできないのである。

「いや、日本でもいることはいるらしいよ。患者単位で契約してる人は聞いたことがある。一人の患者さんの入院から手術、退院までの担当医契約、みたいな」

「そうか、そうやればいいのか。でも、先生はサンフランシスコで仕事があるって言ってたけど、そこでフリーになろうと思ってるの？」

景見は「うーん……」と曖昧な返事をして、それから口をキュッとさせて黙ってしまった。

夕食はレストランの外テーブルで摂っていたが、まだ海が温かいせいか、微かな風がふわりと吹いて、とても心地よかった。結は全てのメニューが来ないうちからうとうとし始めたので、ベビーカーに移してそのまま寝かせた。

「時差ボケかな」

「飛行機の中であれだけはしゃいでたら、それは疲れるでしょうよ」

美南が呆れ顔をして結の上にブランケットをかけるのを、景見は何か言いたそうにジッと見ている。

「何？」

「いや、いいお母さんだなと思って」

「何それ？」

美南は苦笑した。「いいお母さん」。そう見えるのだろうか。自分のことに夢中になって、結が飴玉を拾って口に入れようとしていたことも注意されるまで分からなかったりするのに。

それより、さっきからずっと景見の様子がおかしいのが気になる。いつも通りに振る舞ってはいるが、疲れているような、寂しいような感じだ。

「先生、まだ何か言いたいことあるんじゃない？」

美南は景見から話すのを待っていたが、どうも言いにくそうだったので思い切って聞いてみた。すると、景見は苦笑して、やっと重い口を開いた。

「うん……色々考えたんだけど、帰国しようかなと思って」

「帰国？」

美南が素っ頓狂な顔をした。景見が帰ってくる？

「帰国して、どこで働くの？」

「フリーになろうかなって」

——フリーランス。そうか、だからさっきからその話をしていたのか。

それからいきなり景見は背中を丸め、恥ずかしげに手で顔を擦ると、独り言のようにしゃべりだした。

「やっぱりさあ、美南と一緒にいたいんだよ。結が育つのだって、傍で見たいの。今は美南に子育て丸投げしちゃってるし。働くのは嫌いじゃないんだけどさ、WLB（ワーク・ライフ・バランス）って大事じゃないかなーと」

これを聞いた美南は、思わず景見の顔をまじまじと見てしまった。

——確かに一人で育てている間には、色々なトラブルもあった。ちょうど今、考えていたところだ。でも、ここまで積んできたキャリアを捨てて、フリーになる？　家族のために？　いやそれ以前に、先生、照れてる？

下を向いたまま頭に手をやっている景見が、まるで年下の男の子のように思えた。アメリカの方が給与がいいし、今の勤務先は経済的にもしっかりした巨大な病院だし、さらにヘッドハンティングまでされている。多くの医師なら、喉から手が出るほど羨ましい環境だ。そんな状態にあって帰国を考えることが、どれほど不自然か。

つまり景見は自分の前に広がるそういった輝かしい未来よりも、自分たちを選んでくれた。美南の心は一瞬沸き立ったが、それからスーッと収まってしまった。

本来は喜ぶべきなのに胸が痛い。景見が仕事か家族か、アメリカか日本かの二者択一に悩んだのは、二者が共存できないからだ。そしてその選択の結果として、家族を選ばせてしまったのだ。

人はきっと、「しかたがない、家族を持っていたらその分独身では味わえないいいことがあるのだから」というだろう。だがつまりこれは、独身であれば悩むことのない問題なのだ。そもそも仕事と家族は「あちらを得られるのだからこちらを諦めろ」という風に対立し、選択を迫るようなものであってはいけないのだ。ましてや自分より人の命を多く助けることができる景見が、自分のためにその能力を犠牲にしてはいけない。この意志は、いうなれば美南の正義だ。

「先生がそろそろ帰る時期だ、フリーでやってみたい、って本気で思ってるならいい。でも」

「美南や結のために帰らなきゃ、って思ってるわけじゃないよ」

言葉の先を読んでいた景見が美南を遮って、テーブルの美南の右手の上に自分の右手を載せた。

「俺が二人の傍にいたいと思ったから」

大きくて、温かい手だ。少し乾燥して、ゴツゴツしている。この手は毎日、何人もの人命を救っている。そして今、美南の心の中にも潤いを与えてくれている。美南は切なくなって、鼻を赤くした。

それを見ながら景見が言った。

「俺が帰国するの、困る？」

「まさか！　困るわけないよ、困るわけないでしょ！　先生が自分から帰ってきたいって言ってくれるのは、本当に嬉しいよ。でも、私は、先生の医師としての夢を邪魔したくない」

泣き声の美南が絞りだすように思いを伝えると、景見は真剣な表情でこう返した。

「俺、フリーになってしたいことがあるんだ」

「したいこと？」

「うん、例えば地方で、手術さえすればどうにかなるけど、高額な旅費や入院費を用意して、都会までわざわざ出向いて手術するのは無理って人が多いんだ。日本の場合特に高齢者とかね」

景見は美南の手から自分の手を離し、人差し指で軽くテーブルを叩いた。

「そういう人たちのために、こっちが出張してやりたいんだよね。十分な設備があるのに放りっぱなしっていう病院が時々あるから、そういうところと提携して。今話してるエージェントが、麻酔科医やオペ看も抱えてるんでチームも作れるし」

目が覚める思いだった。一番身近であるはずの景見が、これほどの医師としての使命感を持っているとは、考えもしなかった。自分たちと仕事のどちらが大事なのかなどという小さな比較ではなく、この人はちゃんと夢を追っているのだ。

「ただそうなると、家に毎日帰ってくるってわけにはいかないかも知れない」

美南は慌てた。この期に及んで、毎日帰ってきて欲しいなどとは夢にも思っていない。

「素晴らしいことだと思う！　すごく腑に落ちた。大賛成！　何ていうか、さすがとしか……」

そこまで言って、言葉を詰まらせた。

――自分は小さいなあ。

「先生、私も考えてたことがあって」

ふと、頭の中の言葉が唇から漏れた。

「もう少し結婚待ってくれるかな？」

美南はハッとすると、その言葉を押し戻すように口を押さえた。景見は案の定、眉をひそめて美南を見た。

「いや、あの、誤解しないで、先生のこと大好きだよ？　一生一緒にいたいと思ってるよ？　でも何ていうか、結婚することによってこう、先生は旦那さん、私は奥さんとしての枠に自分を入れようとしちゃうんじゃないかっていう恐怖感があって……いや、それはいいのよ？　旦那さんと奥さんになるのはいいの。でも何ていうか、結婚すると、法的パートナーとしてのお互いが、お互いの人生の決断をする時の足かせになるような気がして。

もちろん、籍なんて私たちの本質には関係ないものなんだけども」

自分でも言うことがまとまっていないのに、こんな難しいことが説明できるはずがない。美南は変な汗を額から光らせて身振り手振りで必死に語ると、髪の毛をクシャクシャッと両手で搔き、頭を抱えてテーブルに突っ伏した。

「何て説明すればいいんだろう？　あのね、本当に誤解しないで？　先生は今でさえ私たちのためにしたいこと我慢してるでしょ？　私もそうよね？　結婚すると、『それが当然だ、もっと我慢しろ』って、世間の目や自分の中の社会性が無意識に、もっとプレッシャーになっちゃうと思うの。何かを決断する時に、夫という名のついた先生の存在を理由に、自分に妥協しちゃうのが怖い。私は、先生のようになりたいけど、まだ一度も独り立ちしてないから」

散々一人で葛藤しながら説明を試みたが、その間何の反応もなかったのでふと景見を見ると、グラスを見ながら微かに口元に笑みを浮かべている。少し寂しそうな、心が痛む表情だった。

「……上手く言えない」

美南がその表情を見て情けない声でそう言うと、景見が小さく頷いた。

「分かってたよ」

「え？」

「入籍なんて、その気になればあっという間にできることだからね。でも待って、待ってって言ってたってことは、きっと美南には何か引っかかるところがあるんだろうなって、それは思ってた」

静かで落ち着いた声だった。景見は分かっていた。そして、美南から話すことを待っていたのだ。

「俺は美南に甘えられるのは一向に構わないけど、美南が一人の自立した人間になるまで結婚したくないって言うのも分かる」

美南は申し訳なさと嬉しさで、半泣きになった。もっとちゃんと言うことを考えてくれば良かった。孝美にそう諫められていたのに。

「確認したいんだけど、それは俺と別れたいってことではないよね？」

「いや全く！　それは全然ない！　それは嫌！」

景見の質問に美南が食いつくように返事をすると、景見は「それならいい」と少し声を出して笑った。

「うん、本当、俺はそれならそれでいいんだよ。元々結婚願望ないし、必要だっていうなら入籍はまだいつでもできるしね。こっちには籍を入れないままの家族も日本より多いからかな、俺もそんなに必要性感じなかった」

そういう景見の穏やかな笑みを見ながら、美南の鼻がツーンとして視界がぼやけた。本来なら「非常識甚だしい」とか「それは結婚したいほど俺が好きってわけじゃないってことだ」などと非難されたり悪態をつかれても文句の言えることではない。だが美南が自分の中で納得できなくて葛藤していたことを、景見は「分かってたよ」という。美南を信じてくれているのだ。

「ごめんね……自分からプロポーズしたくせに、今になってこんなこと言いだして」

あれも、アメリカに来た時だった。美南は景見が自分から離れていくのが嫌で、景見をつなぎとめるための方策として結婚を持ちだした。あれはあれで、お互いの気持ちが確認できて前に進めたという意味では間違いではなかった。でももしあの時すぐ結婚していたら、きっと自分や家族の存在は景見にとって正なのか負なのか、また景見の存在は自分にとってどうなのかと悩み続けて、悩むがゆえに重くなっていたかも知れない。

そうなると、これで良かったのだろう。事実、美南は今ものすごく安堵している。誰のためなのかも分からないまま「結婚しなきゃ」と焦り続けることをやめ、今まで通りの自分として、生き続けることができるのだ。

「勝手ばっかりでごめんね……でも、ありがとう」

美南が俯いて絞りだすような声で言うと、景見は今一度美南の手の上に自分の手を添えた。

「何言ってんの？　勝手ばっかりなんかじゃ全然ないじゃないか。結が生まれてからずっと、今だって、美南が一人でここまで育ててくれてるだろ？　勝手なことしてるのは、俺の方だよ」

それは違う。美南は首を振った。自分は景見に好きなことをして欲しいと思っているし、だからこそそれを勝手だとは思わない。それに自分は結がいてくれて嬉しいし、大変ではあるが、その存在が邪魔だと思ったこともない。

ただ、景見がそう言ってくれるのは嬉しい。自分が結を育てていることに感謝を示してくれれば、それで美南は結の母親として結構満足だ。景見は美南を医師として、そして人としてここまで守り、育ててくれている。だからある意味イーブンだ。

結が寝ぼけて寝返りを打ち、膝の上のブランケットを蹴飛ばして落とした。景見は寝ている結のブランケットを直しながら、微笑して呟いた。

「まあ、こういう家族があってもいいだろ」

初日に重い話を一気にしてしまったせいか、翌日からの観光はのびのびと楽しめた。ロサンゼルスは鉄道があまり発達していないが、幸い景見がレンタカーを借りていたのでどこへ行くのも楽で、近くの国立公園やサンディエゴにも足を延ばすことができた。

気になるのは、景見が帰国後どうするかだ。フリーになるからにはみんなで一緒に住んでそこを拠点にすることができるので、とりあえずは定期非常勤の口を考えているという。

「実は、ＣＤともちょっと話しててさ」

「ホント？　そうか、ＣＤなら戻りやすいね！　そうしたら、先生と同じ職場になるかも知れないんだ。何だか不思議……」

美南はそう言ってはしゃいだが、ふと思いだして尋ねた。

「須崎先生はどうなったの？」

景見はもともと美南が通ったＣＤの心臓血管外科医で、大学でも講師をしていた。その景見がアメリカへ渡った後を継いだ須崎正孝は、父親がＣＤで乳腺・内分泌外科の教授だったが、本人は梅林大を出てキタソーで働いていた。ところが田舎暮らしと現場主義の小さい病院にあまり順応できず、苦労しているようだったので、須崎の父親はＣＤに空きがあれば呼びたいと考えていた。しかし息子の専門は景見と同じ心臓血管外科で、当時ＣＤに空き枠はない。そこに目をつけた景見が、梅林大の系列とも言えるキタソーの奨学金を美南が確実に受け取ることができるようにする代わりに、自分のポストを須崎の息子に譲るという取引を須崎親子に持ちかけたのである。その頃美南は知宏にがんが見つかり、美穂がパートをクビになって、学費の支払いに窮していた。

ＵＳＭＬＥ（United States Medical Licensing Examination、アメリカの医師国家試験）に完全合格している景見は、初めはＣＤを退職してアメリカで就職するつもりでいた。だが病院側が大学と相談して留学という形にしてくれたので、ポスドク（ポストドクター、博士研究員）として渡米して研究員となった。ところが大学院での研究生活はあまり景見に合わず、一年後に研究が一段落すると、結局ＣＤを辞めて現地の北ボルチモア総合病院に就職したのである。つまり須崎は美南からすればキタソーとの縁をくれたありがたい医師であると同時に、元を正せば美南のせいだとは言え、景見をアメリカへ追いやった存在でもあった。

実はかなり前のまだ初期研修医だった頃、須崎がどんな医師だったのか戸脇に尋ねたことがある。戸脇によると、須崎は父がCDで教授をするような医師だということに大きなプレッシャーを感じていたそうだ。

「大学の教授をしているお父さんに比べて、自分はこんなところのヒラ医師、っていう惨めさっていうか、焦りがあったみたいだよ」

ところがCDに移ってからも、須崎の劣等感は消えることがなかった。父親が教授という医師は他にもいたが、みんなそれなりに優秀で、誰もが納得するくらいの能力を持っていた。ところが心臓血管外科で須崎の前にいた景見は自分と同じ学年だが年齢は五歳も下、しかも難関国立大を出てすでに専門医の資格も持っており、かなり早い出世をしての講師だった。一方、三浪二留してやっと梅林大を卒業した須崎はその学歴でも資格でも、そして肝心な医師としての実力もあまり評価され得るものではなく、今でも助教に留まっている。当然、こんな声が聞こえてきていた——「何で景見先生の代わりがあの人？」「あの歳で父親のコネ？」。もともと精神的に強くない須崎はそういったプレッシャーから鬱(うつ)になり、現在通院して抗うつ薬を服用しているそうだ。

「お父さんの方の須崎先生が申し訳なさを感じちゃってさ、俺に謝るんだよ。そういうこともあってなのか分からないけど、今年でお辞めになるんだって」

「でも須崎先生、どっちにしてももうそれなりのお歳だから……それで、息子さんの方は？」

「休職してるらしいよ。まあ心臓血管外科は本院だけでも他に一〇人以上先生がいるから、取り敢えずそんなに影響ないみたいだけど」

「そうか……大きいところは代わりがいるんだね。それも善し悪しだなあ」

キタソーは代替の医師がいないから、突然休んだりしたら現場がてんてこまいだ。だから申し訳なくて、みんななかなか休めない。だが逆に、それだけ自分が必要とされていると実感もできる。小さいところでは、「私なんか要らない人間なんだ」などと脱力感を持つ暇がないのだ。

——私の患者さんたち、みんな調子どうかなあ。

美南はため息をついてシートに凭(もた)れた。結はいつも通り、車が動き出してしばらくしたらもう寝入ってしまっていた。

「子どもが車や電車ですぐ寝る人は、人生の二割得してるんだって。患者さんにそう言われた」

景見がバックミラーを見遣りながら、楽しそうに笑った。

「それで、キタソーはどう?」

「あー、うん……」

美南は北崎に「オペに向いてない」と言われた話をした。

「そんなこと言われたんだ?　そうか、だから前にそんな感じの話してたんだな」

「うん。まあ、そんな言葉に凹んでてもしょうがないし、向いてる、向いてないって定義も人によって違うから、気にしないのが一番かなと思って」

　美南が気分を変えようとしてそう言うと、景見の声が少し低くなった。

「気にしなくていいことなのか？」

「え？」

「『向いてない』って言われたってことは、美南の何かが決定的にダメだったんじゃないのか？」

　美南の胸の中に、冷たい血が流れ入った気がした。言葉の内容よりも、久しぶりに景見に厳しいことを言われた事実がまず響いた。

「その先生が美南に言いたかったことは、別にあるんじゃないのかな。どこかに問題があるって指摘されたわけだから、そこを直さないままだったら本当に『向いてない』人になっちゃうんじゃないの？」

　景見は落ち着いてそう続けた。美南は言葉を失った。

　他人に「向いてない」と言うことは、その人を傷つけ、自分が嫌われるのを承知のはずだ。それでも言ってしまうということは、それほど頭に来ていたか、逆にそれほど相手のためを思っているか。いずれにしても、何かの背景があるはずだ。だから考えなくていい問題などではなく、本当はもっと真剣に相対しなければいけない言葉なのかも知れない。

　息が止まる思いだった。北崎に厳しいことを言われた事実から言い訳をして逃げていた自分を、景見は察したのだろう。この人は昔からそうだった。嫌な図星を指してくるのだ。

──「何でメッツェン？　ペアン！　モスキートあるだろ？」

手術中に北崎が発した文句が浮かんだ。医師によってやりやすい器具は異なることくらい分かっているだろうに、北崎は自分が決めたものでなければ目の前で使われるのも嫌がった。そういう人だった。何でそんな小さいことまで、うるさく言うのか？

手術の流れを、完璧にイメージしてきているのだ。だから、自分がイメージトレーニングしてきたことと違うことをされると、苛ついたのだ。それは単なる我儘なのか？　自分はそこまでしたことがあるのか？

──「えー？　それはしょうがないだろ？　そんなことグダグダ言ってる時間があるなら、他にすることあるでしょ？」

「それはしょうがない」。あの時美南は、手術時間を動かしたことを責められたりはしなかった。そうだ、北崎はやむを得ないことについては文句を言わない。吸引嘴管を落とした時も、わざとでも注意力が散漫だったわけでもなかったのだから、何も言わなかった。

他にすること。山田が手術中に言った言葉が頭を過った。

──「あの先生、すっごく手元に集中するタイプだって聞いたよ。だから、助手に代わりに周りを見てて欲しいんじゃない？」

そうか。

美南は顔を上げた。あの言葉通りだ。自分は、北崎の代わりに周りを見ていなければならない助手だったのだ。代替でいきなり手術に入ったのに、手順は分かっているからと思って、準備を適当にしていた。カンファやミーティングで話し合って、それで足りている気がしていた。

本来ならその手術のために用意された器具を全て理解し、助手がすべきことを完璧に把握して、手術に臨むべきなのだ。さらに自分が突然執刀を替わっても十分対処できるように準備して、情報を頭に叩き込んで、色々な可能性を考えて、手順をエアで練習してと、時間が足りなくなるくらい手術前にすることがあるはずなのだ。そのくらいやらないと経験値が上がらない。ただダラダラと必要最低限のことを繰り返しているだけでは、いつまで経っても先頭に立って人の命を救えるようにはならない。北崎は、そこまで要求していたのかも知れない。

「そうかそうか」

美南は一人で納得しながら呟いた。北崎が言いたかったのは、おそらくこのことだったのだ。手術一つにも、緊張感を持って慎重に準備する。手術中は、助手なら助手としての仕事を全うする。執刀医の手先を見て学ぶのはその次だ。自分の立場を理解して振る舞うことができない医師は、グループで手術を行う外科医に向いていない。

「そういうことだったのか」

真っ暗闇の先に、小さな光が見えた気がした。美南は前を向いたまま、目を大きく見開いた。景見は隣でハンドルを握りながら、チラリとそれを見て微笑した。

休暇が終わって空港で景見と別れる時、あと半年もしたら景見が帰国するのだと分かっているせいか、以前より辛さを感じなかった。むしろ自分の心の中にずっと閊えていた入籍と北崎の件という二つの大きな問題が解決できて、両肩の荷がすっかり降りたようないい気分だった。結はまた帰りの飛行機でも大変なことになるだろうと覚悟していたが、アメリカで遊び疲れたのか、時差と就寝時間の組み合わせが上手くいったのか、心配になるくらい爆睡してくれた。

第四章　オペの助手

1

帰国する頃には、美南(みなみ)は救急科で専門登録をしようと決めていた。様々な症例が診られるとか一人の患者を長く持たないとか勤務時間がはっきりしているとか、色々な理由はある。だが子どもの頃から強く持っていた医師のイメージである救命救急医に近くなろうと頑張っていた学生時代が、景見(かげみ)と会って強く思い起こされ、初心が奮い立った。景見がフリーになってやりたいこと、その目標に向かって準備をしていることを聞いて、自分も「オレンジ色の病院」になるために具体的に動き出そうと思えたのだ。またそうでなければ、独り立ちできるまで入籍を待ってもらう意味もなくなってしまう。

——本当になりたいものになろう。

帰国後美南はすぐにCDの救急科に専攻医登録、すなわち専門研修の登録をして、一次募集に応募した。応募できる専攻プログラムは一度に一つだけで、一一月中に面接と採用試験があり、一二月に選考結果が届く。これでダメだった場合は二次募集をしている施設に応募し、同じ流れの後二月に選考結果が来ることになる。それでも上手く行かなければ、来年以降に再チャレンジだ。

登録を済ませたことを院長室に伝えに行くと、戸脇(とわき)は嬉しそうに、少し寂しそうに目を細めた。

「そうですか。安月(あづき)先生はうちで初めての女性研修医だからね、今後の活躍も楽しみにしてますよ」

それからいつものようにソファやテーブルの脇に並んだ紙袋や段ボール箱を開けながら、「ほら、野菜持っていきなさい」と言ってくれた。これらのほとんどは、戸脇個人が診た眼科の患者のお礼だ。戸脇の専門は眼科で、かつてはキタソーでも診ていたのだが、もう一〇年以上前に閉鎖した。だが昔馴染みや近所の人たちは、戸脇に診てもらおうとして眼科目当てでやってくる。そこで戸脇は、施設や器具がどうにかなる範囲で診てやっている。その後患者たちは「あの時無理を聞いて頂いたから」と言って、ちょっとしたお礼をこうやって持ってきてくれるのだ。

「意外と知られてないんだけどね、この時期この辺りは秋大根が採れるんだよ。ほら、一つ持っていきなさい。それで、今外科の先生を募集してるんだけどね」

戸脇は大根を箱から取りだしながら言った。

「外科医の募集ですか？」

「そう。前から外科は少ないけどさ、最近特に減ってるんだよね。内視鏡下手術とか、内科がやることも増えたじゃない？　内科は体力的にも楽だし、親御さんの跡を継ぐ人たちも内科が多いしね。それで梅林大からここにいつも派遣してもらってるんだけど、来年は外科医がゼロになるかも知れないってんで、それなら自分でも何とかしなきゃと思って」

　梅林大学からは、今は小池が来てくれている。美南もよく話をするし、気さくな医師だ。だが小池は美南と同時にキタソーに来たので今年で三年の最古参で、そろそろ梅林大病院の分院に移る時期だ。

「この際非常勤とか掛け持ちとかでも、話によっちゃＯＫにしようと思ってんだ。でないと弓座先生が会議だの何だのって集まりに振り回されて、可哀想だしねえ」

　弓座は人づきあいが苦手である。自分でも「僕は手術屋なんだよ」と言うが、本当に手術室にいる時が一番嬉しそうな人だ。それでも外科部長という肩書があり、部長代理や副部長がいないので、キタソーの外科を代表して社交をしなければならない。それが辛いらしい。

「申し訳ありません」

　自分も医師不足に困るキタソーを去る身である美南は、罪悪感を覚えて思わず頭を下げた。戸脇は慌てて手を振りながら笑った。

「ああ、いやいや、そういう意味じゃないんだ。先生は何も悪くないよ。まあ、いきなり二人とも出て行っちゃうのは、驚きではあったけどね」

「二人？」

「五十嵐（いがらし）先生も来年から専門研修に入るでしょ？　実家近くの国立大に申し込んだらしいよ」

「えっ！」

美南は仰天して、大きな声を出してしまった。考えてみれば、五十嵐は今年度で初期研修を終える。美南と違って奨学金の縛りもないのだから、来年の四月から専門研修に入るのが普通だ。だが、一言も聞いていなかった。

「全然知りませんでした……何で言ってくれなかったんだろう？」

「いきなり決めたみたいだよ。登録のメ切ギリギリになって相談してきたから」

医局に戻った美南が五十嵐を捕まえて聞いてみると、五十嵐の方が大きな声を出した。

「だって安月先生、アメリカ行ってたじゃないスか！」

「行ってたの、たったの一週間だよ？　それにアメリカだって連絡取れたでしょうが」

「あー……いや、それが、先生のアドレス分かんなくなっちゃって……俺のスマホ、水没したんですわ」

「また？」

美南は呆れて脱力した。五十嵐は、年に二回はスマホを割ったり水没させたりしている。

「同期がみんな専門研修に入るって聞いてびっくりして、どうしようと思ったんスけど、まあ、実家近くが便利かなと」

「まさか、見学もしないで決めたの？　難関国立大病院に？」

「ダメなら二次でどこでも行きますよ」

五十嵐はケラケラと笑った。この医師は社交性が高いし順応力があるので、確かにどこにでも行けるだろう。

「で、何科を希望したの？」

「心外（心臓血管外科）っス。親父と妹が循環器なんで」

外科と内科は密接に結びついている。消化器外科には消化器内科、脳神経外科には脳神経内科、心臓血管外科には循環器科（心臓血管内科）という具合だ。

それに心外なら景見と同じだ。ともに働いた仲間が同時に南関東の首都圏に戻って、親近感のある分野を専門にするのは何だか嬉しい。ただし手術時間が非常に長く、知識も能力もとりわけ高度なレベルを要求されるので、専門医になる過程も厳しい。

「これから筆記の勉強しなきゃマズいんスよ」

「私も！　頑張ろうね」

そう言った今の美南は、アメリカに行く以前よりも俄然(がぜん)やる気を感じていた。

もう一つ、嬉しいことがあった。帰国して最初に結(ゆい)が保育園へ登園した日、さとみがいたのである。

「結ちゃんママ！　お礼しようと思ってたのに、二人ともアメリカ行っちゃってたから」

さとみはピンク色の頬を輝かせて、丁寧に頭を下げた。

「お陰さまで、経過もいいの。本当に先生にはお世話になりました」

「いいえ、仲佐先生が若くて体力もあったからですよ。それに執刀医も上手な先生だし」

そう言いながら、美南の気分は段々暗くなった。さとみの手術が成功したのはいい。だが、自分は決して役に立ってはいなかった。

――『向いてない』って言われたってことは、美南の何かが決定的にダメだったんじゃないのか？」

景見のストレートな指摘が、今も美南の胸を貫いたままだ。

一一月の終わり、美南はCDで専攻医の筆記試験と面接試験を受けた。試験会場には一学年下の顔見知りが何人かいたが、みんなCDで初期研修を受けた知り合い同士なのか、休憩時間に輪を作って話をしていた。他にぽつん、ぽつんと一人でいる人たちは、おそらく外部からの受験者だろう。

一二月中旬、美南は正式な合格・採用通知を受け取った。合格という二文字に歓喜したのは、三年近く前に受けた医師国家試験以来である。筆記は緊張した上問題がかなり難しかったので、正直これはもうダメだ、二次募集に賭けようと思ったほどだった。卒業生が有利という話は聞かないが、美南はキタソーでかなりの場数を踏んできたので、それが評価された可能性は高い。

「CD受かったよ！」

美南が子供のようにはしゃぎながらテレビ電話をすると、画面の向こうで景見が「おー、おめでとう！」と喜んでくれた。

「俺もね、帰国したら多分週二回くらいはCDで非常勤やることになる」

「え？　ホント？　すごい、嬉し……」

言いかけて美南はハッとした。景見が戻るということは、心外の中堅医師枠が一つ空いているということだ。

「須崎(すざき)先生は？」

「うん、やっぱり辞めるらしい」

「そうか……」

当然のことだが、医師もうつ病にはなる。日本人の六・七％がうつ病だと言われるが、医師の六・五％にも同様の症状が報告されている。医師だから病気を避けることができるというわけではないのだ。

「また、二人ともCDに戻るんだね。何だか不思議」

それにしても景見は人脈も広いし、現在の病院長が心外だったりと色々大人の事情はあるのだろうが、それでも一度辞めた景見を再雇用してくれるのは嬉しい。

「うん、だなあ」

美南と画面の向こうの景見は、二人で見つめ合ってニヤニヤした。

翌日病棟回診が終わって医局に向かっていると、珍しいことに優花(ゆか)が声をかけてきた。

「安月先生、さっき赤十字(せきじゅうじ)に患者搬送してきたんですけど」

初期研修医の仕事で最も一般的な仕事の一つが、この患者搬送の同乗である。要するに患者を他の病院に移す救急車に一緒に乗るわけだが、こういう場合患者が搬送中に急変することはあまりないので、研修医は何もせずに文字通りただ乗っているだけだ。

「あっちで黒岩(くろいわ)さんと会いました」

「黒岩さん？　……ああ、心臓弁膜症の？」

黒岩百合子(ゆりこ)は、この夏キタソーで心臓弁膜症の手術を受けた。検査室に行く時の村木(むらき)の気の利かなさに美南がイラついた、あの時の患者である。その後退院したが、先日術後の通院を赤十字に変更した。それというのも、夫が一〇月に脳出血を起こして赤十字病院に入院しているからだ。

「安月先生が転院を勧めたんですってね。黒岩さん、感謝してましたよ。あっちこっち行かなくて済んで助かったって。よろしくお伝えくださいって」

優花は無表情にそう言ったが、これを聞いた美南は嬉しくなった。診察中に百合子が「夫が赤十字に入院しているから、面会に行くのが大変」と愚痴ったので、それなら二人同じ病院に通った方が便利だろうからと転院を勧め、紹介状を書いた。ただそれだけのことなのだが、第三者を通じてこういう話を聞くと嬉しくなる。

美南が一人ニヤニヤしながら感動の余韻(よいん)に浸っていると、優花がその顔を見ながら呟いた。

「安月先生は、患者さんとたくさん話すんですね」

「え、そうかな？　高橋先生の方が多いんじゃない？　やっぱり内科は患者さんとの会話が多いから。通院が長い人もいるし」

「そうか……内科は多いんですね、やっぱり」

優花は少し憂鬱そうにため息をついた。何か言いたげで、珍しく隙がある感じがした。いや、むしろ会話のとっかかりを待っているようだったので、美南はあえて尋ねてみた。

「石川先生は内科志望だったよね。話すのが苦手？」

「得意そうに見えましたか？」

優花は呆れたように聞き返してきた。自分の弱点は分かっているのだ。

「そうか……じゃ、外科にすれば？　石川先生、手先器用じゃない」

「いいえ。できるだけ早く呼吸器の専門医になって、内科で開業したいんです。今まで一人で育ててくれた母を早く安心させてやりたいですし、その母が喘息持ちなので」

優花はすかさず、キッパリとそう答えた。これは揺るがない信念のようだ。シングルマザーに育てられたと聞いていたが、そんなに母親思いの一面があったとは思わなかった。いや、正直なところ、そこまで血の通った人間だとも思われなかったのだ。

「そうか……開業するなら、話し上手の方がいいね」

「どうしたらいいでしょう？」

あまりにも素直に優花が尋ねてきたので、美南は面喰らってしまった。いつもなら「私は何もかも知っている」という風に振る舞うのに、それほど思い悩んでいるのだろうか。

「えー？　どうだろう？　一人一人の患者さんにもっと人間として興味を持つとか」

「人間として？」

「うん、そうしたらもっとその人のこと知りたくなるでしょ？」

そこまで言ってから、自省の念に駆られた。自分はそうやって患者と親しくなり、感情移入し過ぎて、逆に距離を保つのが難しくなることがある。佐枝子(さえこ)がそうだった。そしてそれは、誰にとっても決して好ましくない。

「まあ、でもそれも度が過ぎると疲れるよね。やっぱり話し上手になるのが一番か」

美南は慌てて別の意見を出した。だが優花がプライバシーをここまで自分に言ってくれているのだから、何とか協力してやりたい。そこで美南の頭に名案が浮かんだ。

「そうだ、五十嵐先生に聞いてみたら？　話し方の本とか持ってるし、そういうの意外によく研究してるから」

すると予想通り優花が顔を赤らめながら、「え、でも」と恥じらいを見せた。

「遠慮することないじゃない」

「でも、今は落ち込んでるでしょうから」

「何で？」

「一次募集、ダメだったらしいですよ」

「え……」

美南は絶句した。昨日と今日は五十嵐と会っていないし、誰もそんな話をしていないので、てっきり合格したのだろうと思っていた。見学にも行かず、ろくに知り合いもいない中で受けたのがダメだったのか。それともやはり首都圏の国立大学だから、競争率が高かったのか？　五十嵐は人懐っこいし仕事もきちんとこなすが、よく知らない面接官から見たらチャラくてあまり知識もやる気もない医師に思えるかも知れない。

　医局の扉を開けると、五十嵐が奥のデスクでおにぎり片手に、口の脇にご飯粒をつけながらパソコンの画面を眺めていた。最初はどう声をかけようかと迷ったが、五十嵐の方が美南を見つけるといつものように話しかけてきた。

「あ、安月先生ー！　俺やっぱダメでしたわ」

　美南は惚(とぼ)けても白々しい演技しかできないだろうと思ったので、「うん、さっき聞いた。残念だったね」と素直に返した。五十嵐は大人なのか、実際それほど落ち込んでいないのか、いつもと変わらない様子だった。

「もうすぐ二次募集始まるんで、またあれこれ面倒なんスよね」

「どこにするの？」

「梅林大にします。知ってる先生もたくさんいるし、やっぱ卒業したとこなんで無難かなと。ダメならここで浪人しますわ」

　明快だ。「それがいいね」と美南も頷いた。同期の翔子(しょうこ)の話を聞いても難関国立大学病院は入るのも入ってからも大変そうで、暢気(のんき)でマイペースな五十嵐には合わない気がする。梅林大なら出身校だし、もしかしたらキタソーに来ることもあるかも知れないし、この人の持ち味を失わずにいられるのではないだろうか。

「梅林大だと寮になるんスよね。独身寮って小っちゃいんだよな」

少し遅れて医局に戻ってきた優花が、二人の会話を聞いてふと表情をほころばせた。きっと優花も、梅林大の方が五十嵐には向いていると考えたのだろう。美南はそれを見て嬉しくなって、つい遣り手婆のように余計な冷やかしを入れてしまった。

「家族寮なら広いじゃない。五十嵐先生、カノジョ作って一緒に住めば？」

ところが美南や優花の思惑など何も知らない五十嵐は、白米で頬をパンパンにさせながら、ケロッとこう答えたのである。

「カノジョっすか？　俺、いますよ」

――しまった！

美南は思わず背中を正して、優花が視界に入らない方向を向いた。余計なことを言ってしまった。考えてみれば当たり前だ。これだけのイケメンなんだから、カノジョがいないはずないではないか。

――ごめん、石川先生！

「今留学してますわ」

そこまで五十嵐が言うので、ここでいきなり話題を変えるのも変だし、美南はオドオドしながら質問を続けた。

「り、留学？　へえ、何の勉強してるの？　医師？」

「いやいや、音楽やってます。チェロってあるじゃないですか。バイオリンのでかいヤツ、アレです。音大出て、今イタリアの大学院行ってます。何だっけ、聞いたことある大きな町」

「どこ？　ローマ？」

「いや、違います」

「フィレンツェ、ベネチア、えーと、ナポリ」

「フィレンツェ？　ベネチア……違うな……」

「ミラノ」

突然優花がそう口を挟むと、五十嵐が「あ、それかも！」と優花を指した。

「ミラノは音楽の町ですもんね」

優花が力なく微笑した。

「先生、カノジョがいるところもちゃんと分からないの？」

「どうせ時間ないんで、イタリアなんか行かないスからね」

「じゃ、全然会ってないの？」

「いや、安月先生と同じっスよ。宿直の時とかリモートで話したりしてます」

そう言いながら、五十嵐はおにぎりを食べ続けた。考えてみれば、美南は結が生まれてからほとんど宿直をしたことがない。だから、五十嵐がカノジョに電話しているところに出くわしたこともないのだ。

「どうして知り合ったんですか？」

優花が無表情で尋ねた。だがそれはいつもの無表情ではなく、明らかに強張って平静を装っている風だった。美南の胸がズキズキと痛んだ。

「あー、うちの学祭に来てたんで、声かけたの」

「ナンパですか？　五十嵐先生、軽かったんでしょうね」

優花は作り笑いをしてふざけたようにそう言ったが、目が全然笑っていないのが怖かった。もちろん五十嵐はそんなことには気づかず、「そうそう、チャラ男だった！」と優花の必死の嫌味を笑い飛ばしている。

優花の思いは、何も届いていないのだ。それは美南が顔を覆いたくなるほど、切なく痛い場面だった。

「じゃ、私午後の診療の準備をしますので」

優花はそう言うと、とっとと医局を出て行った。優花のはかない片思いは、こうして絵に描いたように散ったのである。

「サイテー、私……」

思わず額に手を当てて自己嫌悪を口に出してしまった美南に、五十嵐が「何がっスか？」と尋ねた。その邪気のない顔を見て、五十嵐のせいではないのに少し腹が立った。

その一週間後、師走(しわす)の慌ただしい総合待合室を通っていると、その先の廊下で戸脇と高橋がスーツを着た中年男性と立ち話をしていた。

「あ、安月先生、ちょっとちょっと！」

戸脇が大声で手招きしたので行ってみると、すぐに二人に紹介された。

「こちら外科レジデントの安月先生。四月から聖コスマ＆ダミアノに移るんで、新しい先生たちとは入れ違いになるね。こちらは梅林大病院事務所の高木（たかぎ）さん」

「うちの医師たちがお世話になっています」

高木というその男性が穏やかに頭を下げると、戸脇がいつもの興奮した子どものような顔をした。

「来年度から、梅林大の専門医研修の連携施設になることになったんだよ。取り敢えず内科と外科だけで、順次整形や救急にも広げていく予定」

これを聞いた美南は、なるほどこれは名案だと思った。キタソーはいつでも医師不足だが、曲がりなりにも二次救急病院だし、設備的にもこの規模にしては悪くない。だから、確かに専門研修の連携施設になってもおかしくない。そうすればキタソーも一定の人数を確保できるし、基幹病院側もより多くの専攻医を受け入れることができるようになる。

「今日は高木さんがここの様子を見にきてくれたんだ。先生、いいとこ見せてくださいよ」

戸脇はそう言って笑った。

「これからは医師の出入りが激しくなるな」

高橋と一緒に医局に戻る途中、高橋がふと漏らした。

「そういう時代なんだろうね。こっちも慣れなきゃいけないね」

去る立場の美南は、これに何も言えなかった。確かにそういう時代なのかも知れない。雇用者は常に魅力的な職場環境を用意できるよう工夫し、被雇用者は自分をアピールするために付加価値を身につけるよう努力する。この風潮が広まれば、景見のようなフリーランスでＷＬＢを重視した勤務形態も増えるのだろうか。

すると、高橋が少し照れて言った。

「僕もね、副院長になるんだよ」

「えっ！　おめでとうございます！」

美南は驚いてつい結構な大声を出してしまったが、高橋は満面のニヤニヤ顔のままそれを窘めなかった。そう言えば、今までキタソーには副院長というものはなかった。もともと戸脇の個人医院だったということもあって、ほとんど全ての重要事項は戸脇が一手に引き受けて決定していたのである。だがさすがに病院がどんどん大きくなって、一人で面倒みきれなくなったのだろう。高橋は弓座と違って、全体を俯瞰して管理するのが得意だから適役だ。

「やっと嫁さんにちょっと威張れるよ」

高橋の妻は赤十字病院脳神経外科でバリバリ働くエリート医師だ。この科は手術時間が長いこともあって、今まで子どもの世話はほとんど高橋がやってきた。その子どもも下の子がもうすぐ中学生になるそうだから、ちょうど子育てに一息つくタイミングだ。

医局への階段を上がろうとすると、遠目に阿久津と松田が立ち話をしているのが見えた。

「高橋先生、ちょっと失礼します」

美南はそう言うと、二人のいるところに走った。

「阿久津くん！　松田さん、こんにちは。阿久津くん、元気になったんだ？」

阿久津は名前を呼ばれた一瞬肩を竦めたが、それが美南だと分かるとニッコリと笑った。

この青年は美南が夏に寮を訪問してから、松田の後押しもあったらしく、週に三日ずつくらい勤務できるようになっていた。

「時間が合う時は、一緒に行くように声をかけてやってるんですよ」

松田が肩を叩きながら兄のような視線を阿久津に送った。

「松田さんって、実は面倒見のいい優しい方なんですね」

美南が感心してそう言うと、松田はおでこから頭頂部まで真っ赤にして「『実は』だけ余計ですよ」と言い返してきた。

ところが加恋は厳しい人で、阿久津の扱いについて陰では「何で職員のリハビリまでやってやらなきゃいけないの？　もう！」と苛ついて口を尖らせていた。ただその強さで阿久津に当たることはなく、「できる範囲でいいから」とか「無理なら今やらなくてもいいからね」と少しゆとりを残す言葉を忘れないのは流石である。

美南も優花や阿久津のように今一つ馴染んでいないように見える若手には、自分から進んで声をかけるようにした。それだけでも何かが違うはずだ。「大丈夫なの？　ちゃんとできてる？」というようなネガティブなものではなく、「〇〇できた？　手伝い必要？」というようなさり気ない一言、それこそ単なる「おはよう！」という朝の挨拶。そういったものが、考え方を変えていくきっかけになるかも知れない。

一方、村木にはできるだけ確認をするようにした。

「村木先生、検査の予約した？」

「そこ、後ろ患者さんいらっしゃるからドア気をつけて」

うるさい母親のようだが、気がつかないうちはしょうがない。繰り返して注意しているうちに自分で気がつくようになるかも知れないし、失敗したら「安月先生にも言われてたっけ」と思いだせば、自己嫌悪から次回は失敗しないよう一層心がけるかも知れないと思ったからだ。

ある日優花に回診の仕方を教え終わって医局に戻ってくると、五十嵐が不思議そうに言った。

「何か安月先生、最近頑張ってますね」

「そりゃあ……だって、あと数か月もしたら、私も五十嵐先生もいなくなるんだもの。村木先生にも色々教えておきたいけど、あの調子だから……新しい研修医の面倒とか、石川先生が中心になってやらなきゃならなくなるでしょ？」

「そんなことといったら、安月先生だってそうじゃないスか。朝比奈（あさひな）先生もそうだったし。

ここは同期が二人いる方が珍しいんですよ」

「そりゃそうだけど……石川先生は真面目だから、全部背負い込んじゃったら大変でしょ。五十嵐先生も教えられることは教えてやってよ」

そう言いながら、それは優花には辛いかも知れないなとチラリと考えた。その時五十嵐は「まあ、そうっスね。はい」と、珍しく歯切れの悪い返事をした。

その理由は間もなく分かった。

キタソーに来て三度めの年が明けた。新年は帰省する代わりに両親に来てもらい、結を預けて久しぶりの当直をした。さすがに夜は非常勤の医師に任せたが、そうすることによって、五十嵐や優花のように今までほとんど帰宅できなかった人たちに時間を与えることができるのだ。

ところが正月二日の夕方、五十嵐が顔を出した。病棟回診が終わって医局に戻ってくると、差し入れの弁当がテーブルの上に置いてあった。

「お弁当！　ありがとうー！　でも何で？　もう帰ってきたの？」

「だって、実家にいてもすることないんスよ」

「今年は暇だよ」

確かに今年は急患が少ない。暖冬のせいもあるだろう。この時期はいつも寒さ、運動不足、食べすぎから血管が詰まる血栓（けっせん）ができやすくなる。それに暖かい室内から寒い脱衣所に行き、急に熱い風呂に入れば血圧が乱高下して、脳梗塞や心筋梗塞を起こす所謂ヒート・ショックも発生しやすい。その他動脈硬化、狭心症、心室細動、不整脈、心内膜炎など、循環器の問題は寒さとしばしば密接に結びついている。

さらにこの地域は、いつもは冬のスキー客も多い。だが今年は雪が少なくて、開いていないスキー場もあるくらいだ。だからいつもならよく来る骨折や急性アルコール中毒の患者も少ない。

「今年はお餅を詰まらせた人も少ない」

「最近食べにくいとか喉に詰まらせるのが怖いとかって、お餅食べないお年寄りも増えたそうですよ」

そんな話をしながら二人でノンビリとお弁当を食べていると、五十嵐が何気なく言った。

「俺この間、石川先生にコクられましたわ」

その瞬間米粒が気道に入って、美南はゴフッと死にそうな咳をした。五十嵐は笑いながら「ちょっと、大丈夫っスか?」と背中をさすってくれたが、溺れ死ぬかと思ったくらい咽て苦しかった。

「いし……石川先生に?」

「はあ」

「何て」

「いや、まあ普通に」

「で、どうしたの？」

「どうしたって、そりゃ、俺カノジョいますもん」

「そうか、そうだよね」

　美南は息が詰まりそうになったまま必死で咳を堪えつつ、そうか、優花はきっとケリをつけるために思い切ったのだな、と思った。どうりで、年末辺りから優花のことを五十嵐に頼むと、何となく歯切れが悪い返事ばかりだったはずだ。

「だから、ま、ちょっと変な空気になることもありますけど、その辺よろしくお願いします。あ、それから三〇日に初診した阿部さんのオペの助手ですが、どうします？　俺か安月先生になりますけど」

　五十嵐は上手に話を終えて切り替えた。この人は実用本など読まなくても、こういうところはとてもソツがない。

「北崎先生だよね。私、入っていい？」

「ＯＫス」

　五十嵐はそう言うと、手術の予定表に美南の名前を書き込んだ。

　阿部繁代は六〇代の女性で、先月の健診で胆嚢にポリープが見つかったため、精密検査を受けにキタソーへ来院した。今月一八日に、ラパコレ（ラパロスコピック・コレシステクトミー）と言われる腹腔鏡下胆嚢摘出術を行う予定だ。

　執刀医は北崎。嫌われ方からしても時間的に見ても、美南にとって名誉挽回のチャンスはもうそう何回もない。

しかも、美南は北崎に与えられた課題を解決していない。景見の言葉を借りれば、このまま終わったら本当に「オペに向いていない」人になってしまう。

三が日も明けていつもの生活に戻ったある夜、部屋で美南は結の相手をしながら、北崎に言われたことをぼんやりと考えていた。助手としての振る舞いとは何だろう。自分は手術中、何を見ていただろうか。北崎先生がしていること、北崎先生の指先、手の動き、指示。

「あい、くだしゃいっ！」

結が小さな手を差しだしてきた。

「あー、はいはい。はい、どうぞっ！」

美南はその掌に赤いブロックを載せる。間もなく一歳五か月の結は、最近色とりどりのブロックを幾つか積んでは崩すということに凝っている。美南は脇に座って結がブロックを欲しがったら一つ渡し、また次のブロックを手にしながら欲しがるのを待つという動作を繰り返していた。

四つほど積み上げられたブロックがフラフラと揺れている。

「あー、結、崩れそうだよ」

そう言いながら美南が結にブロックを渡すのをやめると、結は美南の言葉と視線に気づいてブロックに目をやり、慌てて手を伸ばした。それでも結の年齢では、倒れそうになるブロックをとめて立て直すのは難しい。ブロックはガラガラと崩れて、結は「あー」と声をあげた。

　これを見て、美南はふと考えた。自分は今積まれたブロックが崩れそうなのを見て、結にブロックを渡すのをやめた。だがもし結の手ばかりを見ていたとしたら、どうなっただろう？　結はブロックを積み上げていたのだから、手に持つブロックとその周りしか見ていない。もし自分がブロック全体を見ていなかったら、ブロックが倒れそうなことに誰が気づいただろう？

　こういうことなのだろうか。自分はあの時の自分で、結は北崎、ブロックは患者だ。あの時の自分は北崎の動きばかり見ていて、術野全体にあまり気を配っていなかった。執刀医の北崎の集中力は手指にだけ注がれていた。北崎はそれでいい。だが第一助手は出血部をどんどん探したり、執刀医の視界を遮る煙を吸引したり、自発的に執刀医ができないこと、見えないことをカバーしなければいけない。要するに美南は、北崎に言われる前から自らが動かなければならないという認識に欠けていたのではないか。

　美南は北崎の動きを見て感心するだけで、目の前の仕事が上の空になっていた。自分はまだ、ただ見ているだけでよかった研修医と同じ気分でいたのだ。北崎は美南のそういういい加減なところを捉えていたのではないだろうか。

　結が寝てから美南は分厚い医学書を何冊も取り出し、ｉＰａｄと首っ引きで勉強し始めた。繁代の手術の助手としてどう動くべきかを念頭に、徹底的に予習をしたのである。もちろん普段の手術でも予め多少は勉強していたが、今回はそれこそ大きな試験を受ける気分で、隙のないように準備を進めた。

腹腔鏡の手術は出血などの状況により開腹手術に術式変更することもあるので、術野を広く確認しながら進めることが大事だ。美南はつまらないことから大事なことまで、思いつく限り大学ノートにビッシリと書いた。そしてペアンや鉗子も、北崎に指摘されたタイプのものに慣れておくようにした。北崎がそちらの方がいいというにはそれなりの理由があるのだろうし、様々な器具に慣れるに越したことはないからだ。

また時間がある時には、オペ看を捕まえて北崎のクセを尋ねた。手術の時に必ず欲しがるもの、決められた器具の配置、嫌がること、ルーティン……。

その中で、幾つか気になることがあった。まず北崎は強い照明を好まない。手術室は通常七五〇〜一五〇〇ルクスと手芸や裁縫ができるくらい明るくなければならず、手術台の上に至っては二万ルクスを超える。だがそれを眩しがって、目が慣れるまでということなのか、いつもしばらくの間手術台の脇に立っているそうだ。そう言えば、さとみの手術の時もそうだった。

それに時々明かりで眩しいのか痛いのか、目を細める。そうだ、さとみが手術前に病室で、北崎は目を痛がって押さえたりすると言っていた。

——北崎先生は、目が悪いのではないか？

だからそれほど酷くもなかった煙も、吸引嘴管の先が手元をチラつくのものすごく嫌がったのだろうか。普段は優しいらしき北崎が手術の時にいきなりカリカリするのは、そういった不便のせいもあるのではないか？

「え？　今日の助手、安月先生だったっけ？」

手術に入る時北崎は露骨に眉をひそめたが、これは想定内だった。美南は平然と「はい、そうです」と答えた。

「何で」

「私がもう一度、北崎先生の助手に入りたかったからです」

北崎は聞こえるか聞こえないかくらいの小声でそう悪態をつくと、手術室に入ってしばし立ち止まった。

「……迷惑なんだよな」

部屋の中は、少し照明を暗めに設定してある。またラパコレの手術では患者は仰臥位、つまり上向きで普通に寝かせることが多いが、北崎は砕石位といって両足を上げ、開いた状態で行うことを好む。繁代はその砕石位で寝かされており、またモニターや電気メスなどの位置もきっちりと北崎のクセ通りに並んでいた。美南が事前にオペ看に北崎の習慣を教わり、それに合わせて指示を出しておいたのだ。

北崎は美南を横目で見遣ったが、美南は目が合うとつい得意気な顔をしてしまいそうだったので、その視線に気づかないふりをした。手元はさすがにいつも通りでないと却って困るだろうから、いきなり最高の明るさではなく、何回かに分けて照度を上げていくようにした。

腹腔鏡手術には術部を見るためのカメラが必要だが、そのカメラはカメラポート用トロッカーという、太めの針金のような筒状の器具の中を通って体内に入る。そのため、まずトロッカーを挿入しなければならない。このカメラポート用トロッカーは他のトロッカーよりも大きいものを使うことが多いが、北崎はカメラポート用も他と同じ太さのものを使う。

「トロッカー入れて」

北崎が美南を試すようにそう言った。そこで美南は通常の一〇ミリではなく、五ミリのトロッカーを入れた。

「そんなんで入るのか?」

「先生のいつもの太さにしました」

美南が怯まないで答えると、北崎は「へえ、知ってたんだ」と小声で、少し小馬鹿にするように言った。わざと質問して、美南に鎌をかけたようだ。

その後別のトロッカーを通って鉗子が胆嚢に到達すると、美南はすぐに術部がよく見えるように引っ張った。それに誘導されるように、胆嚢にへばりついている胆嚢動脈を北崎が電気メスで手際よく剝がす。その時美南は、できるだけ素早く煙を吸い取ることができるように吸引嘴管に全神経を集中する。電気メスや超音波メスを使用すると煙や蒸気が発生して、カメラが曇ってしまうのである。またカメラは臓器に触れても曇ってしまうので、その位置にも気を遣わなければならない。

それから北崎が胆嚢管にクリップをかけて切り取りやすいように、美南は胆嚢管をできるだけ露わにして待った。その後肝床部から胆嚢を剥がし取る時も、同じように北崎がよく見えるように先に立って準備した。その間には出血部位を見つけ、北崎に止血するようその部位を開いて促し、煙にも気を配り、モニター、術野周辺、患者の様子も何度も確認した。北崎は何回も探るように美南の顔を見ていた。

北崎が次にどこをどうしたいのか考えながら先手を読んで準備することに細心の注意を払いながら、なるほど、これは面白いと美南は思った。まるで北崎が、美南の無言の指示に従って手術をしているような感じになるのだ。自分が手術の主導権を握っているような、そんな錯覚さえ覚える。しまいには美南が先んじて次の作業箇所で待っていると、北崎は憮然とした顔で美南を一度見てから手を出すようになった。それはちょうど、「分かってるよ」と口を尖らせるようだった。

胆嚢を体外に摘出し、肝床部の止血を確認して洗浄したら、傷口を閉じて終わりだ。

「後やっといて」

北崎が縫合を残してメスを置いた時、美南は一瞬キョトンとした。

——「後やっといて」？

後ろを見遣ると、北崎がさっさと手術室を出て行くところだった。いつもなら最後まで一人でやる北崎が、縫合を美南に任せてくれたのだ。もちろん難しいことではなく、何なら初期研修医にもできるのだが、何しろ相手は北崎だ。

これにオペ看も若桝（わかます）も、素っ頓狂な顔をした。美南の胸が熱くなった。

全てを終えた時、美南は張りつめた糸が切れたように大きなため息をつき、貧血で一瞬目の前がモノクロになった気がした。これは大変な作業だ。

「がんばったじゃん」

若桝がモニター前に座ったまま、そう言って褒めてくれた。

手術室を出ると、目がショボショボした。腹腔鏡手術であれほど神経を遣うと、こんなに目に負担がかかるのだ。

汗だくになった顔を拭きながら、手洗い場の縁に両手をついて大きく深呼吸をした。頭を上げてからふと脇を見ると、いつも通り手袋が使用済み術着入れに、術着がゴミ箱に入っている。美南はそれを見て脱力した。

――はー……。

手術とは、本来はこんなに神経を遣うべきものなのだ。こんなに疲れるものなのだ。今まで自分は何をやっていたのだろう？　本当に手術見学の学生に毛が生えたようなことしかせず、学んでこなかったのではないか？

専門研修に入る前にこれが分かって良かった。もしかしたら、北崎はそこまで見越していたのだろうか？

とにかく、諦めないで良かった。このレベルに到達しておくことができて良かった。

考えてみれば、小さな手術だって患者さんにとっては人生の大事だ。こちらが慣れているからと言って集中力を欠いて、結のお迎えの時間を気にするようでは、助手として信用できないと言われてもやむを得ない。自分は色々ダメだったのだ。何が「大した意味はない」だ。北崎の言葉の奥には、恐ろしいまでに重要なメッセージが隠されていたではないか。

北崎の手術はちょうど昼間だったので、午後の病棟回診の頃美南は空腹も手伝ってすっかり疲弊(ひへい)していた。

この日、阿久津が久しぶりに回診についてくれた。相変わらず猫背でオドオドしていたが、美南は阿久津に対してできるだけ明るく振る舞った。

ところが点滴用の注射針を打とうとしたら、目がショボショボする。手術前はパソコンとにらめっこ、手術中は瞬きを減らしてカメラを凝視していたせいで、目の周りの血流が悪くなっているのか、視界がはっきりしない。

「阿久津くん、ごめん、注射代わってもらえる？　目がヤバい」

美南が目元を抓(つま)みながら阿久津に言うと、阿久津は「え？　はい」と少し慌てて返事をした。

ところが驚いたことに、阿久津は患者の腕を取ると丁寧に血管を確認し、オドオドなどすることもなくスーッと注射針を入れたのである。

「あら看護師さん、お上手」

老齢のその患者が嬉しそうに言うと、美南もつい「ホントだ！」と同意してしまった。

「いや、たまたま上手くいっただけです」

阿久津は恥ずかしそうに道具をしまった。

試しに美南は、次の患者の注射も阿久津にさせてみた。ところが、今度の患者は血管が見つかりにくいらしい。穿刺した後逆血が来ないので、ここでよく若手看護師は血管を探してグリグリと針を動かしてしまい、患者は痛がることになる。だが阿久津はスッと針を抜いて、「すみません、ちょっとやり直します」と謝ると、再びゆっくりと落ち着いて針を刺した。今度はちゃんとできた。

「痛くないですか？」

「大丈夫ですよ」

患者の笑みを確認してから、阿久津は片付けをする。この若者は作業がゆっくりなので確かに加恋のようなせっかちな看護師には叱られるかも知れないが、一つ一つが確実で丁寧だ。

「ねえ、阿久津くんって注射すごく上手だね」

廊下で美南が言うと、阿久津は飛びあがらんばかりに驚いて否定した。

「僕がですか？　いや、まさか！　そんなこと言って頂いたの、安月先生が初めてです！」

「本当だよ。準備も丁寧だし、しっかり血管を確認して、穿刺も上手い。それにさっきだって素早くやり直したし、そういう判断も完璧だった」

「完璧なわけないじゃないですか、やめてくださいよ」

ステーションに戻ってきてからも阿久津がしきりに照れていたので、加恋が尋ねてきた。

「どうしたんですか？」

阿久津は加恋の視線に怯えて一層猫背になったが、美南はこれは阿久津の長所をアピールするいい機会だと思って、少し大声で答えた。

「阿久津くん、注射が凄く上手なんですよ！　驚いちゃいました」

阿久津はこれに慌てて「やめてください」と否定した。ところが加恋が、いつものようによく通る声で凛としてこう返してきたのである。

「あら、随分と失礼な。阿久津くんは注射も包交（包帯の交換）も、群を抜いて上手いんですよ。ご存じなかったんですか？」

この言葉に、美南と阿久津が顔を上げて加恋を見た。だが他の看護師たちは平然としていたので、もしかしたら知らなかったのは当の阿久津と、医師たちだけだったのかも知れない。

きっとみんな、ちゃんと阿久津を評価していたのだ。阿久津本人は何もかもダメな邪魔者だと思われていると信じていたが、それは単に自分を卑下していただけだったのだ。もしかしたら加恋は阿久津の長所と短所をちゃんと見ていて、いつも気にかけているから、叱っている頻度も高いように見えていたのかも知れない。

美南が嬉しくなって阿久津を見ると、阿久津は目も顔も真っ赤にして、今にも声をあげて泣き出しそうになっていた。それを見て、美南も一緒に泣きそうなくらい胸が熱くなった。

「え？　何です？」

加恋は二人がウルウルした瞳で見てくるのを気味悪がって、背中を反らせながら眉をひそめていた。

「そうだったんですね！　それなら、明日から阿久津くんにやってもらおう」

美南がそう言って阿久津の背中をバン、と叩くと、阿久津は少し掠れた頼りない声で「はい」と返事をした。

阿久津は大丈夫だ。心が躍った。きっと今まで意思の疎通が上手く行かなくて、看護師たちがちゃんと阿久津を評価していることが阿久津に伝わっていなかったのだ。みんな忙しいし、結構不器用でツンデレな人たちだから。でももう大丈夫だ、ちゃんと伝わったから。

「安月先生、ありがとうございます」

ナースステーションを出ようとする美南に、阿久津が深々と頭を下げた。

「何が？」

「心配を口にしてくださる方は今までもいらっしゃったんですが、忙しいのにわざわざ寮まで来てくださったのは安月先生だけで」

そこまで言った阿久津の目頭と鼻の頭が、見る見るうちに赤くなった。この青年は人の目を真っすぐ見るようになった。以前には考えられなかったことだ。美南は照れ臭さも混じって変に慌ててしまい、下手な惚けかたをした。

「『フロコン』のシフォンケーキ、おいしいよね！」

帰宅時間になり、美南がご機嫌で駐車場に向かっていると、タクシー乗り場前に北崎が立っていた。車通勤のはずなのに、今日はどうしたのだろうか。

「北崎先生、お疲れさまです」

美南が元気よく声をかけると、北崎は少し驚いたように美南を見て、それからこう言った。

「少しはオペってものが分かったか」

「あ……はい、とても勉強になりました」

その時、北崎が黙って頷きながら目を痛そうにつぶった。時々見る仕草だ。そこでつい、美南は聞いてしまった。

「北崎先生、もしかしたら目がお悪いんですか」

その瞬間、今まで見たこともないくらい鋭く怖い目を見開いて、北崎が美南を睨んだ。その形相(ぎょうそう)が恐ろしくて、美南は息を飲んだ。

「え、あの、気のせいでしたら申し訳ありません……」

タクシーがやってきた。北崎はタクシーに乗り込みながらこう言い捨てた。

「角膜ジストロフィーだ。移植待ちだ。誰にも言うな」

――え？

ドアが閉まり、タクシーが目の前を勢いよく走り去った。

――角膜ジストロフィー？

角膜ジストロフィーは角膜が白く濁る遺伝性の病気で、両眼ともに視力が著しく低下したり物が歪んで見えたり、眩しく感じやすくなる。レーザー治療が可能なケースもあるが、その濁りの場所によっては角膜を移植するしかない。

そうか、だから目を痛そうにしたり、眩しそうだったりしたのか。どこまで進行しているのかは分からないが、移植待ちであれば軽くはない。そんな状態で手術をするなど、随分辛いのではないだろうか。

そう言えば朋欧(ほうおう)医科大病院で消外を案内してくれた医師は、北崎が眼鏡をかけているのを知らなかった。このところ、急激に悪化したのだろうか。留学後大学病院に戻らなかったわけも、もしかしたらそこにあるのだろうか。今タクシーに乗っていたのも、運転が怖いから？

外科医は目が見えなければ、仕事にならない。北崎は、人知れず大変な恐怖やストレスと闘っていたのだ。北崎自身の身体に問題があることなど、全く考えもしなかった。

美南は去り行くタクシーを見つめながら、しばらくの間タクシー乗り場に立ち竦んでいた。

2

足元から上ってくる冷たさが最も辛くなる一月中旬、五十嵐が無事梅林大に合格した。みんなの勤務時間が合わず飲みに行くこともできないので、お昼時にジュースやお茶とちょっと贅沢にケーキを買ってきて、医局でお祝いをした。

午後の外来が終わって一息ついた頃、医局のドアが開いて戸脇が顔を出した。

「あ、いたいた、安月先生！　ちょっと、ちょっと」

何だか焦っているようだ。美南が急いで戸脇のあとを追って医局を出ると、戸脇は廊下で周囲を見渡し、小声でコッソリと尋ねてきた。

「安月先生が、その、根回しをしてくれたのかな」

「何の話ですか？」

「オペ専の医師募集の件。学会のお偉いさんたちに声かけて回ってたんだけど」

美南が素っ頓狂な顔をすると、戸脇も素っ頓狂な顔になった。

「え？　知らないの？」

「何がですか？」

「旦那さんが応募してきたんだよ」

「えっ！」

美南はあまりにも驚いて、ピョンと飛びあがるように背中を伸ばした。

「景見がですか？　え？　でも、フリーになるって」

「うん、そうだってね。でもうちは、非常勤で心外のオペができる医師を探してたんだ。毎日の診察や経過観察は、弓座先生や梅林大の先生たちができるじゃない？　でも今までオペは赤十字とか朋欧医科大に任せてたのを、ここでやれるようにしたいと思ってたんだよ。普段の様子はこっちから色々情報を送れるから、旦那さんは毎日ここに診にこなくていいんだ」

驚きのあまり大きく開けた口を押さえている美南に、戸脇はいたずらっ子のような笑みを浮かべてこう付け加えた。

「決めさせてもらったからね」

景見が、こんな大事なことを伝え忘れるはずがない。わざと黙っていて美南を驚かそうとしていたに違いない。

「旦那さんみたいなレベルの先生が見つかると思わなかったから、急いで新しい機器を揃えなきゃ。知ってる？　高橋先生の専門は循環器なんだよ。だからこれで、心臓疾患のトータル・ケアも可能になるんだ。患者さんがあっちこっち行かなくていいようになるんだよ」

戸脇はソワソワしていた。優秀な医師が来るというのは、田舎の二次救急病院であるキタソーにとっては非常にありがたい。景見を指名して手術来院する患者も増えるだろうし、病院側は「うちでは心臓の手術もできます」という売り文句を得る。

だが何より、戸脇の最後の言葉が印象的だった。

――「患者さんがあっちこっち行かなくていいようになる」。

この周辺だけでなく県内のキタソー以北の地域では、心臓系の具合が悪くなったら診察はキタソーに来る。この病院は町がシャトルバスを出しているし、訪問診療も行っているのでそれはいい。しかし手術は赤十字病院か朋欧医科大病院、あるいは東京の梅林大病院でしか行えないので、患者はその時だけそちらに移らなければならない。執刀医に来てもらって手術をすることもあるが、施設も調っていないので頻繁ではない。

大変なのは患者だけではない。県境や山間部から最寄りの赤十字病院までは距離にして三〇キロを超えるし、直通の路線バスもないので、見舞う家族に車がなかったり高齢者だったりすると大変な負担になる。

戸脇はとても患者思いの医師で、その優しさはこのようなちょっとした一言にも感じられる。どうりで、眼科を閉めた今でも戸脇の人柄を慕って患者がやってくるわけだ。

景見のことを思いだした。戸脇と景見は、どこか似ている。

「消外と心外で募集してみたんだ。消外は北崎先生が昨年から来てくれてたんだけど、残念ながら続けて来てもらうのは厳しいみたいで」

この言葉にピクッと反応した美南を見て、戸脇は少し目を細めた。

「安月先生は知ってたのかな。あの先生も色々大変らしいね」

「あ、は……」

美南がどう答えていいか分からずオロオロすると、戸脇は話題をスッと変えた。

「まあ、これで梅林大か朋欧医科大から何とか一人二人出してもらえたら、どうにかやりくりできるんだ。専攻医も来ることになったし、弓座先生は呼外（呼吸器外科）だけど消外も強いからね。脳外は設備的にもまだちょっと難しいから、当分大きな病院に任せることにしてるし。さあ、ちょっと医療機器の勉強しないとな。娘に色々聞いてみよう」

戸脇は浮かれた子どものように、いそいそと足取り軽く去っていった。そう言えば以前、戸脇の娘は医療機器輸入関連の商社で働いていると言っていた。

その夜、景見に電話した。すると景見は美南を驚かせたかったのに、と言って悔しがった。

「何だー、俺がビックリさせようと思ってたのにー！」

「何でキタソーにしたの？ 私のせいで人手不足になりそうだから？」

「違う違う、募集見たからだよ。俺だってちゃんと調べたよ。いい病院みたいだし、むしろ楽しみ。日本では大学病院以外で働いたことないから、どんな感じだろうって」

景見も楽しそうだった。こんなにみんながワクワクできるなんて、美南は周りに恵まれている。特に戸脇がそうだが、楽しいことを見つけようとする前向きな姿勢が運を呼び込んでいるのかも知れない。

それから数日後、たまたまほとんどの外科医もいた朝のカンファで、弓座が言った。

「えーと、今日はご本人がいらっしゃらない日なので僕が代わりに発表しますが、北崎先生は四月から朋欧医科大に非常勤の講師としてお戻りになるそうです」

梅林大の医師たちが驚いて、口々に小声で「講師？　現場じゃないのか」「教えるの？」などと言い合っていた。やはりあの目では、現場は無理なのだろう。

「それで二月に予定している岡崎さんのオペを最後にしたいということですので」

そう言いながら、弓座が美南を見遣った。

「第一助手は安月先生、第二に石川先生入ってください」

——え？

美南が目を丸くしていると、弓座はニヤリと口元を緩めて「北崎先生の要望で」と付け加えた。

北崎が、美南を助手に指名してくれた！　急に熱いものが込みあげてきた美南は胸が詰まって、目頭を真っ赤にした。優花は不思議そうに美南を見ていた。

北崎は多分、自分の病気を他の医師たちに知られたくないのだ。そして前回の手術で、助手としての美南を認めてくれた。だからある意味美南を使うしかないのだろう。ここ数か月、北崎はキタソーでほとんど手術を受けもっていなかった。

だがそれでも、美南は嬉しかった。患者の岡崎信三は七二歳、肝門部領域胆管がんのため、胆管の切除を行う予定だ。遠隔転移はなく、比較的手術しやすい段階である。

胆管がんには部位の発生頻度で分けると肝内（肝臓の内部）、肝門部領域（出口付近）、遠位の三種類があり、中でも肝門部領域が六割から七割を占める。この場合肝臓の一部と胆嚢、肝外胆管を切除し、リンパ節を郭清し、胆道を再建するというかなり大変な手術になる。手術時間は八時間から一二時間、中を見て広がりが予想以上であればそれ以上の時間がかかる。開始時間は朝八時になったが、それでも結の世話は誰かに頼まなければならない。

「いいよ。暇だから、結ちゃんの面倒見に行ってあげるよ」

父の知宏が電話口でそう言ってくれた。知宏は今はほとんど働いておらず、時間的にかなり自由がきくようだ。

「母さんも行くって言ってるから、安心して働いといで」

「ありがとう！　この辺りは大丈夫だけど、ちょっと山の方行くと雪積もってるから、チェーンも忘れないでね」

電話を切ってから、美南は猛然と勉強を始めた。何しろ北崎の最後の手術だ。一つでもいい加減な失敗はしたくないし、できるだけ完璧に近くしてあげたい。そこで助手としてできること全てを書きだし、調べた。それだけではない。万が一のことも考えて、自分が執刀する時の準備もしておいた。

「北崎先生に認められたんですね」

医局でも医学書とにらめっこしていると、優花が声をかけてきた。美南は首を傾げた。

「認められたってとこまで行ってるかどうかは分からないけど、嬉しいよね」

「頑張ったんですね」

「頑張ったよ」

美南はそう言うと、また医学書に目を戻した。だが、優花はまだ美南を見ている。

「何？」

再び顔を上げると、優花が「岡崎さん、毎朝『一口でもいいから』って、絶対野菜ジュース飲みたがるの知ってました？」と言ってきた。優花は岡崎が初めてキタソーを受診した時の主治医だったので、よく知っているらしい。

「そうなんだ？　メーカーとかも決まってるの？」

「決まってます。コンビニで買えるやつなんで、奥さんが毎回買ってきてますけど。ここ三〇年間、欠かさずそうしてるんですって」

「そうか。じゃ、当日は口をつけて飲むふりだけでもさせてあげるよう看護師さんに言っておこう。気分的にそれだけでも違うもんね。ありがと」

美南はメモを取った。全身麻酔なので術前に何も口に入れてはいけないが、岡崎は高齢の上長時間の手術になるので、少しでも心穏やかに始められるようにしてあげたい。

何しろ、手術ができる段階の人なのだ。手術ができるということは、高齢だろうが何だろうが今よりよくなる可能性があるということなのだ。美南の脳裏にベッドに横たわる佐枝子の姿が浮かんだ。

それから優花はしばらくの間また美南を見つめていたが、それからふと呟くように言った。

「安月先生って、患者第一ですよね」

それが批判的にも聞こえたので、美南は「それは当たり前のことでしょ」と返した。すると優花は、はっきりとした低めの声でこれを強く否定した。

「当たり前じゃないです。患者さんファーストじゃない医師なんて、いくらでもいます。私の父だった人がそうでした」

美南は驚いて優花を見た。優花はシングルマザーに育てられたと聞いていたし、時折母親がどうした、こうしたという話はすることもあった。だが父親の話は、今まで一度も聞いたことがなかった。しかもこの否定的な口調はいつもより一層強く、美南はどう対応していいか分からずに狼狽してしまった。

「そう見えただけだったんじゃない？」

だが優花は前を向いたまま、微動だにせずに続けた。

「あの人は新しい情報を得るとか技術を磨くとか、そういう医師としての向上心を全く持っていませんでした。それに生活保護の難病患者、治る見込みのない疾病を抱えた高齢者、クレイマー、保険適用の範囲だけでしか治療を受けない人たち……そういった診たくない患者は、すぐに近くの病院へ紹介状を書いて追い払っていました。そしてそれを非難する母を大声で怒鳴り、時々手も出しました」

それからフッと優花が表情を崩して美南を見遣った。

「あの人は、反面教師だったんです。あれを見て私は、きちんと疾病を治す医師になろうと思ったんです」

なるほど。美南は感心して頷いた。優花の四角四面な性格は、そういうところから来ていたのか。以前北崎が怒鳴った時必要以上に怯えていたが、それも大声で母親を怒鳴った父親への葛藤から来ているのかも知れない。

「そう思ってるなら、なれるよ」

美南が微笑すると、気まずさを覚えたのか、それとも見下されたように感じたのか、優花はすぐに無表情に戻った。

「安月先生の患者さんに対する態度は評価しています」

美南は、カチンと来るやら褒めてもらって嬉しいやらで複雑だった。分かっている、優花に悪気は全くないのだ。ただ態度や話し方に工夫をせず、空気を読まないところがこの人の弱点なのだ。

美南が複雑な顔をして医学書に目を戻すと、優花も同じような表情を浮かべて言った。

「たくさん参考にさせて頂きました」

――え？

耳を疑うとはまさにこのことだ。美南が大きな目を見開いて優花の方を勢いよく振り向くと、優花は頭を深々と一度だけ下げてプイッと背を向け、「それじゃ、私まだ回診があるんで」と小走りに医局を出て行った。

美南は驚きのあまり、しばらく医局のドアを見遣っていた。優花が最後に自分のことを少し話してくれただけでなく、美南を褒めるようなことまで言ったのだ。不器用に、無愛想に。

——まさか、あの口調で五十嵐先生にもコクったのかな？

美南は小さく深呼吸をして、医学書に目を戻した。だが嬉しさで、つい口元が緩んだ。

これからは優花が美南の代わりを務めるのだ。どんな風になるのだろう。不安ではあるが、ちょっと楽しみだ。優花ののびしろはとても大きい。

岡崎の手術の直前いつになく張りつめた美南が丁寧に手を洗っていると、北崎がやってきた。

「安月先生」

はい、と振り向いて目を見張った。北崎の目がいつになく赤く、潤んでいる。

「予習してあるな？」

「はい」

「完璧に？」

そう問われると自信がなくなる。だが少なくとも、最善は尽くした。

「できる限りのことは、はい、しました」

北崎はそう答える美南をしばらく凝視していたが、それから軽く頷いて手を洗いだした。

——先生の目、大丈夫だろうか？

手術が始まった。いつものように、脂肪を剝がして切り開いていく。北崎は時々目を辛そうに瞬きながら、それでも淡々と手を動かしていた。美南はできるだけ北崎が見やすいように手元で煙を吸い、出血を止め、照明の位置を直させた。北崎は、今日はとりわけ無口だった。

肝門部のがんは、胆管がくっついている胆囊と肝臓の一部も切除しなければならない。だが切除部分を取りだした直後、北崎は何回も瞼（まぶた）を開閉したり、涙を拭いてもらったりした。

「先生、大丈夫ですか？」

優花が驚いて尋ねたが、北崎は何も言わない。大丈夫ではないからと言って、手術を放りだすわけにはいかないのだ。もちろん本人も今回はできると思って引き受けたのだろうが、思ったよりも辛いらしい。

「クソ……！」

手を動かすスピードが落ち、小さな無念の呟きが聞こえた。予想していた最悪の事態になったのだ。

だが、予想していた。準備していた。だから自分がやれる。北崎もさっき、そのつもりで美南に確認したのだろう。美南は怒鳴られるのも覚悟で、小声で聞いた。

「代わりますか？」

いつもの北崎なら怒っただろう。だがその言葉にふと美南を見ると、まるで助かったとでもいうようにこう聞き返してきた。

「やれるか」

「やれます」

美南が北崎を見て強く頷くと、北崎は真っ赤な目をギュッと閉じてメスを膿盆に放り投げ、「続けろ、すぐ戻る」と言って手術室を飛びだしてしまった。

「えー?」

若桝が仰天の声をあげた。優花もオペ看も狼狽えながら扉を眺めたが、美南はすぐに北崎の立ち位置に代わり、メスを手に取った。

「押さえて。出血吸って」

手術を続ける美南を見て、優花が慌てて吸引嘴管を手に取った。これからは切除部分の周りに浸潤があればそこも切除し、胆道をくっつけ直す。

「あー、岡崎さん、思ったより綺麗だ。良かったあ……」

美南は手を動かしながら、ホッとしてそう呟いた。周辺にがんが拡散していなければ手術自体も楽になるし、患者の生存率もぐっと上がる。その言葉に、優花は何回も美南を見ていた。

二〇分くらいしたら、北崎が戻ってきた。まだ目は真っ赤だが、痛みは取り敢えずどうにかなったようだ。

「再建終わりました」

美南がそう言うと、北崎は目を瞬きながら術部を丁寧に見た。

「縫い目が汚いな。裁縫しないのか」

「え……しません。家庭科は五段階評価で二でした」

北崎がチッと舌を鳴らして「俺は五だったぞ」と答えたので、美南と優花は思わず噴きだしてしまった。だが、確かに縫い目は綺麗な方がいい。このケースは内臓だから構わないだろうが、表皮は綺麗に縫合した方が患者は嬉しい。

「練習します」

美南はそう答えた。

北崎は何回か目をパチパチさせていたが、何とか最後まで手術を行い、また縫合を美南に任せて出て行った。

「北崎先生、目が悪いんですか」

さすがに優花も気がついて美南にそう尋ねたが、美南は黙って首を傾げた。

終了は夕方六時半。一〇時間半で終わったのだから、悪くはない。この間美南も優花も若桝も看護師たちも飲まず食わず、それどころかトイレにも行かない。だから終わった瞬間トイレに駆けこみそうなものだが、意外と尿意も空腹も感じない。ただ次第に全身に疲労感が込みあげてきて、どんどん身体がだるくなる。

しかし今日の手術は満足だ。術後の岡崎の様子を見るため夜一〇時まで医局に残っていたが、年齢の割に体力のある人で、順調のようだったので、後を五十嵐に任せて帰宅することにした。

足取りも重く職員用出口を出て駐車場に向かい、車のドアを開けていると、後ろから少し顔を赤らめた北崎が声をかけてきた。

「安月先生」

仕事以外で声をかけられるのも初めてだったので驚いたが、その顔が少し赤くてご機嫌な風だったのが、もっと意外だった。人間的なところもあるではないか。

「あれ？　北崎先生、まだいらっしゃったんですか？」

「戸脇先生と飲んでたんだ」

「院内でですか？」

「戸脇先生んちでだよ」

北崎が親指で自分の背後を指した。戸脇の自宅はキタソーの敷地内にあるのだ。というより、もともとキタソーは戸脇の妻の実家の土地に建っているのである。

「いや、今日は……」

「目は大丈夫ですか？」

北崎が何かを言おうとしたので、美南が慌てて遮った。「今日は助かった」などと聞きたくない。なぜかは分からないが、この医師に謝礼や謝罪をして欲しくなかった。

「いや、ダメだな」

北崎はまた目元を二本の指で押さえた。

「来月辺り移植の順番が回ってくるんで、ここを少し早めに辞めさせてもらうことになったんだ」

「そうですか、移植ですか。良かったです」

「良くないよ、別に。また移植した角膜が濁ることだってあるわけだから」

「一時でも今より良くなるなら、良かったです」

美南が嬉しそうにそう言うと、北崎はしばらく美南を見つめてから、ふと口元を緩めて「君は強いな」と呟いた。

「四月からCDに行くんだって？」

「はい、救急の専門研修に入ります」

北崎は軽く頷くと、タクシー乗り場に入ってきたタクシーに手を挙げて小走りで去ろうとした。

「北崎先生！　先生が前に私はオペに向いていないっておっしゃったの、覚えておられますか？」

一瞬立ち止まって振り向いた北崎に、美南は毅然（きぜん）としてこう言った。

「私は、そうは思いません」

すると北崎は目を丸くして美南に相対し、数秒間美南を凝視すると、ふと噴きだすように笑いながら深々と頷いた。

タクシーに乗り込んで去った北崎は、その後キタソーに来ることはなかった。

極寒の二月のある夜、突然瀧田から電話がかかってきた。美南はスマホの画面を見て、もしやまた二人がケンカしたとか孝美が出て行ってしまったとか、そういう話ではないかと一瞬ギクッとした。

「はい、もしも……」

「ねーちゃん、子どもできた！」

瀧田がスマホから飛びだしてきそうな勢いで叫んだ。

「え？」

「子どもできたって！　今二か月！」

すると後ろで、「ちょっと亮！　何であんたが先に言っちゃうの！」という孝美の声が聞こえた。美南もやっと事態を把握して、嬉しさがいきなり湧きあがった。

「ホント？　おめでとう！」

「お姉ちゃんが亮を説得してくれたお陰だよ」

電話を替わった孝美の声が、少し照れて可愛らしかった。背後で瀧田の喜びの奇声が響いている。

瀧田が精索静脈瘤の手術を受けたのが九月。今孝美が二か月ということは、三～四か月くらいで妊娠できたということだ。美南が知る限り一番早くて術後二か月という例があったから、孝美のケースは信じられないというほどではなかったが、それでも早期の妊娠に姉として純粋に嬉しかった。

「まだ不安定だから、無理しないでね」

電話を切ってからも、美南はニヤニヤしていた。結にいとこができるのか。あの時、瀧田とちゃんと話をしてよかった。瀧田が治療に対して素直で前向きでよかった。やはり傷病というのは、患者がどう向き合うかがとても大事なのだ。

それから一週間ほど経った三月、そろそろ片付けなければと思ってデスクの周りを整理していると、ふと側の棚の上に見慣れない大学ノートが置いてあった。美南専用の棚ではないのだが、隅の方なのであまり使う人がいないところだ。誰のだろうと思って開いてみると、中は汚い字でビッシリと埋まり、そこに色とりどりの蛍光ペンで派手に印やフキダシがつけてあった。

——五十嵐先生かな？　字が汚いし。

だがカンファの発表準備の仕方や包交の仕方など、二年目の五十嵐にしては簡単過ぎる内容ばかりだ。

「二〇六号室　押田健人（三六）　十二指腸潰瘍」

「二一七号室　西野浩美（五八）　虫垂炎？　↑検査中」

どうやら内科の入院患者メモらしい。ということはきっと村木か優花だ。二人とも現在は選択科で、内科を選んでいる。だが、少し読み進むと噴きだしてしまった。

「『スラムダンク』大好き」

「スナック『半月』の常連　↑県道沿い」

「第七世代はみんなマネできる　ぺこぱ（松陰寺）」

「昔のドラマの話ばっかり　↑九〇年代調べておく！」

病状などろくに書いていないのだ。これは絶対村木だと思い、声をあげて笑い出してしまった。村木は内科志望なので患者と上手く会話しようと努力しているのだろうが、気にするポイントがあまりにも村木らしい。

ところが笑いながらノートを閉じようとすると、ノートの裏表紙に赤く大きな字でこう書いてあるのが目に入った。

「余計なことは言わない！　特に病名　余命」

この字を見た時、美南の胸がグッと熱くなって笑いが引っ込んだ。村木は人の話など全然聞いていないように見えたが、ちゃんとこうやって肝に銘じているのだ。

そう言えば、この頃村木は口を滑らせなくなった。いまだに返事はろくにしてくれないが、村木は村木なりに間違っているところは直そうと努力しているのだろう——ただ一つ、横に小さな黒字で「↑安月先生に怒られる」とあったのにはツッコみたくなった。

その日、最近毎日がとても楽しそうな院長の戸脇がいきなり美南を院長室に呼んだ。

「安月先生、ちょっと、ちょっと」

室内には相変わらず患者からの差し入れの野菜が入ったビニール袋や段ボール箱が並んでいるが、テーブルに医療機器のパンフレットが山と積んである。

「景見先生のお陰で、今までできなかった手術も引き受けることができるんでね。機材も色々揃えなきゃと思って、勉強中。景見先生にも相談したいんだ」

「娘さん、商社で医療機器輸入関連のお仕事だっておっしゃってましたね。色々教わっていらっしゃるんですか？」

戸脇は嬉しそうに「そう、そう。まともに話するのも久しぶりだった」と何回も頷いた。だが、どうも話題はこれだけではなさそうだ。口元を緩めながら何も自分からは言いださず、どうしたのかと聞いて欲しそうだったので、美南はそれに乗っかってやった。

「先生、何かいいことあったんですか？」

すると、戸脇は待ってましたとばかりに「分かる？」とニヤついた。

「実は孫がね、ＣＤに受かったんだよ」

戸脇には早逝した医師だった息子と商社で働く娘がいるが、一年浪人していた娘の長男がＣＤに合格したそうだ。

「えー！　私の後輩になるんですか！」

「そうなんだよ、だから安月先生にも色々教えて欲しくてね」

老医師は顔を真っ赤にして、満面の笑みを浮かべた。

「じゃ、キタソーは安泰ですね！」

「いやまあ、孫がどうなるか分からないし、そんな先のことまではね。そもそも立派な医師になれるかどうか。繰り上げ合格で、連絡が来たのがつい最近だったんだ」

戸脇はゴニョゴニョ言ってはいたが、張り裂けんばかりの笑みを放っていた。息子が亡くなって以来ずっと鬱で籠っている妻も、この頃はだんだん気分がよくなってきているそうだ。

「春だからねえ」

そう微笑んだ老医師の未来を見る目は遠く、高く、輝いていた。

終章　さらばキタソー

　まだ雪が残る三月、桜のつぼみが綻び始めた頃。美南（みなみ）と五十嵐（いがらし）の最後の出勤日に、入れ替わるように四月から入る初期研修医が挨拶に来た。また男一人女一人で、二人とも梅林（ばいりん）大の出身だ。男の子は地域医療振興奨学金を受けている。つまり美南や優花（ゆか）と同じく、奨学金をもらう代わりに何年かキタソーで働かなければいけないという縛りがあるのだ。女の子の方は地域医療枠、つまり絵面（えづら）と同じく自分の出身地やその大学の所在地など、特定の場所で卒業後何年か勤務するという条件で入学したそうだが、佐野（さの）市にある実家が開業医なので問題ないらしい。

　男の研修医はまるで女の子のように可愛らしい顔つきで、真面目で几帳面そうな子だった。挨拶をすると思ったより明るく、透き通るような綺麗な声でハキハキと自己紹介してきた。女の子の方は友人の翔子（しょうこ）を彷彿（ほうふつ）とさせるお洒落な子で、肩まで垂れた綺麗な立て巻きカールの茶髪と、薄らと引いたアイラインが印象的だった。

「今年もまた結構個性的だね」

美南が医局で五十嵐に呟くと、五十嵐は「女の子の方の実家、かなり大きな病院みたいスよ」と教えてくれた。高橋(たかはし)によると、もしかしたら梅林大の二年目も何人かキタソーで面倒を見るかも知れないので、初期研修医がもう少し増えるかもとのことだった。

「石川(いしかわ)先生はしっかりしてるし、村木(むらき)先生は楽しい人だから、何とか引っ張ってってくれるだろう」

高橋が嬉しそうに呟いた。

「そうですね。それに専門研修のレジデントも来るんですよね？」

「そうそう、内科と外科ね。若手が急増するな」

初期研修医が四人、専攻医が二人。四月から、キタソーは一気に賑やかになりそうだ。

数時間かけて医師、看護師、技師、薬剤師、そしていつも大声をかけてくれる警備員にまで挨拶を済ませた。それから駐車場に出て行くと、自分の車にどう見ても積めない数の箱を何とか詰め込もうとしている五十嵐に出会った。これから梅林大の寮へ物を運び込むそうだ。

この青年は流行(はや)りものにすぐ手を出すのにすぐ飽きるので、青汁や野菜ジュース、ソーダマシン、乾燥タピオカの袋など様々な物が宅配されたままの姿で段ボール箱に入っている。医局でもひとしきり自慢してみんなに見せびらかし、何も言わなくなった頃には飽きているのを美南は知っていた。

「こんなの寮に持ってってどうするの？」

「あ、これは絵面先生にあげるんスよ。ちょっと朋欧医科大の職員寮に寄って、絵面先生んちに置いてきます」

「絵面先生、使うって？　ウソお」

「ダメなら、売る相手一緒に探してもらいます。安月先生んとこにも送りますよ」

五十嵐は野菜ジュースの箱を美南の軽自動車のトランクに積みながら、悪戯っぽく笑った。

五十嵐の車を見送ってふと見ると、玄関口に優花が立っていた。見て欲しくなかったかも知れないから見ない振りをしようかとも思ったが、最後の挨拶をちゃんとしていなかったので、申し訳なさそうにしながら優花に近づいた。

「石川先生、五十嵐先生と話した？」

「いいえ。話してもしょうがないので」

優花はいつも通りの無表情で答えた。

「しょうがないってことないでしょ」

「『お世話になりました』とは言いました。そうしたら『おう』って言われました。それだけです」

そういう声が微かに上擦っていた。優花は唾を飲み込んだ。

「そう。まあ、また遊びにくるだろうしね」

「忙しくなりそうなので、別に来なくてもいいです」

最後に優花は負け惜しみを言い放つと、院内に戻っていった。何だかテレビドラマにでもなりそうな、切ない青春の一ページだ。こういう感情を大学以降味わってこなかった美南は、自分の青春時代をちょっと残念に思った。

それから車に乗り込んだ。二年八か月の間自分の居場所になってくれていたオレンジ色の病院から、今自分が離れていく。面白いことに春の日差しを反射して、薄赤い本館の建物がオレンジ色のオーラを放っているようにすら見える。

――今までありがとう。先生をよろしく。

美南はバックミラーに映る建物に心の中でそう呟いた。

その一週間後、三月といってもまだ麓のあちこちに雪が残っているが、ぼんやりと流れる風が春を感じさせてくれる。この辺りでは三月末から四月の頭に桜が満開になるので、まさに今が最高の時期だ。

「綺麗だなあ」

まだ日も明けやらぬ早朝、隣の家の桜の花びらがベランダに飛んでくるのを眺めながら、景見が目を細めた。景見は数日前に北ボルチモア総合病院を退職して帰国したばかりだ。真夜中のオンコールに慣れた体には時差はそれほど負担ではないようだが、それでも変な時間に起きたり眠くなったりしている。

元来時差ボケは西回り、つまりアメリカから日本に来る方が楽らしい。人の体内時計は二四・五時間で、三〇分のズレは毎朝太陽光を浴びることによって調整されるが、西回りは一日が長いので、それがしやすいと言われている。

美南たちは、今月末で住み慣れたこのアパートを解約する。CDの周辺は二人ともよく分かっているので、職員寮ではなく、希望に合う家族用のマンションを不動産屋に探してもらっておいた。午前中に引っ越し業者が荷物を運んでくれるので、家の中は段ボール箱の山が至るところに積んである。

結は自分の家がいつもと違う雰囲気になっているので違和感を覚えてはいるようだが、面白がって段ボールの上に登ったり下りたりしている。景見が側で見ていてくれるので、美南は引っ越しを進めることができるのがとても効率がいい。

美南が今まで使っていた黒いSUVは元々景見の車なので景見がそのまま乗ることにして、美南は中古の白い軽自動車をびっくりするくらい安く買った。今日美南は新しいマンションに先に行って荷物を受け取り、その後CDに顔を出すので、景見がこの家を閉めて後から結と来ることになっている。

初めて美南の車を見た時、景見は絶句した。

「……何でこれにしたの？」

「取り敢えずこれで、慣れたらちゃんとしたのに買い換えようと思って。ダメ？」

「いや……てか、これ高速大丈夫？　車検通ってるの？」

「高速なんて今しか乗らないじゃない。家から病院まで車で五分なんだから。車検はちゃんとあと一年あるよ」

景見は美南をチラッと見てからため息をついて、「ま、いいか」と呟いた。

「でも、あんまり飛ばすなよ」

「この車信用ないなあ」

「ねーよ。これであるわけないだろ。ちゃんと暖房効くのか？」

「三〇分くらいしたら何となく暖かくなる」

「おーい、本当に大丈夫なのかよ」

景見は笑いながら美南の唇に軽くキスをすると、美南の顎を指でつまんだ。懐かしい、昔から変わらない仕草だ。

「とにかく気をつけて、ゆっくり行けよ。じゃ、後でな」

「うん、先生もね」

景見は黙って微笑しながら頷いた。「後でな」――そう、これからはこうやって、三人で過ごせるのだ。

小さい車の中は冷たくて、後部座席には段ボールが山積みされている。気温は六度、積雪ほぼゼロ。古いアパートには景見と結、これから向かうのは新しい勤務先であり、自分を育ててくれたCD。今自分の目の前にはあの時闇を照らしていた街灯と同じ光が、二年八か月で育った分だけ輝いている。

高速道路に乗ると右手に夜の帳が、左手に濃いオレンジ色の朝焼けが広がっていた。美南が大好きな色だ。暖房が効き始めたのか、轟音を立てながら走る美南の小さな車がやっと少し暖かくなった。

本書はハルキ文庫の書き下ろし作品です。

イダジョ! 完結編(かんけつへん)

著者　史夏(とげ)ゆみ

2021年1月18日第一刷発行

発行者　角川春樹

発行所　株式会社角川春樹事務所
〒102-0074 東京都千代田区九段南2-1-30 イタリア文化会館

電話　03(3263)5247(編集)
03(3263)5881(営業)

印刷・製本　中央精版印刷株式会社

フォーマット・デザイン　芦澤泰偉
表紙イラストレーション　門坂 流

ISBN978-4-7584-4387-6 C0193 ©2021 Toge Yumi Printed in Japan
http://www.kadokawaharuki.co.jp/[営業]
fanmail@kadokawaharuki.co.jp[編集]　ご意見・ご感想をお寄せください。